CW00517786

Amanda Bonaconsa

VOLGERE LO SGUARDO

Prefazione: Alessandro Denci Niccolai

Immagine di copertina: Francesca Serafini

Editing: Manuela Sangiorgi

Prefazione

Alla sua seconda opera, Amanda Bonaconsa ci concede qualcosa di più. E se state pensando alla lunghezza dei suoi racconti, o a digressioni più intime e personali, vi state sbagliando. Amanda ci concede invece, il privilegio di seguirla in una delle sue lunghe passeggiate in montagna, permettendoci di scoprire il luogo segreto dove decide di poggiare il suo cavalletto prima di cominciare a disegnare i suoi bozzetti su carta ruvida.

Probabilmente porta in un piccolo zaino il suo blocco per gli schizzi, si siede su una roccia che le regala ogni volta la posizione privilegiata da dove aspetta pazientemente il taglio di luce migliore con cui guardare il mondo sottostante, un attimo prima di cominciare a tratteggiare i suoi splendidi ritratti. Sì perché se ancora non ve ne foste accorti, i suoi racconti sono piccoli disegni, schizzi, tocchi sapienti in punta di matita dove di volta in volta e senza nessuna fatica riconosceremo volti, gesti, voci e situazioni che ci passano accanto ogni giorno per strada, a casa, a lavoro, in una fiaba ascoltata da bambini o per sentito dire, magari sottovoce.

Questa sintesi, che in letteratura come nell'arte in genere, spesso è ingenerosamente percepita come sinonimo di "non finito", in questi racconti brevi trova la sua misura aurea, la dimensione perfetta e naturale in cui disvelare infinite sfumature di profumi suoni e colori, con la sapienza di un tratto essenziale e mai banale.

La sostanza delle cose quindi, per chi la cerca tra le righe come la pietra filosofale, è tutta nella pulizia della sua scrittura, dove con grazia e leggerezza di tocco, Amanda Bonaconsa attraversa generi, situazioni e tipologie umane. La sua narrazione ricca di suggestioni, sono certo che vi accompagnerà a lungo, come tutte le piccole verità sussurrate all'orecchio e tratteggiate su fogli di carta ruvida, per non dimenticarle più.

Alessandro Denci Niccolai

 TRE CIVETTE

Amanda Bonaconsa

VOLGERE LO SGUARDO

Alle sorelle e ai fratelli
che ho scelto

*" Ci sono delle parole come
"Ahimè" che, stanche di
uccidere, hanno scelto la
solitudine"*

Edmond Jabes

E Gigi volse lo sguardo

E Gigi volse lo sguardo e lo sguardo annegò e si perse e anche il cuore perse un colpo, poi prese il ritmo che aveva la prima volta che i polmoni avevano fatto conoscenza con l'aria e pensò che forse venire al mondo era così: un salto in una dimensione sconosciuta e piena di stimoli. La misura del troppo era lì di fronte ai suoi occhi che non sapevano contenerla. E ricordò la prima volta che tra le mani aveva avuto un libro che descriveva quello che ora si apriva di fronte a lui e la certezza che ci sono cose della natura che ci parlano del divino, che sono il divino e che quindi vanno avvicinate con la dovuta devozione. E Gigi volse lo sguardo su quello per cui aveva risparmiato per una vita intera, perché guardando per la prima volta la foto di quel luogo sconosciuto e completamente diverso da qualsiasi paesaggio fosse stato in grado di immaginare, aveva deciso che lui lì ci sarebbe andato.

E Gigi volse lo sguardo e c'era così tanta luce e tanta armonia tra quelle cattedrali naturali che sprofondò in se stesso e viaggiò per ogni singolo istante della sua vita. E ritrovò il suo stupore bambino, il volto segnato di suo padre, i profumi dei piatti che amava, annidati tra i capelli di sua madre quando da adulto si chinava per baciarla; trovò il sapore del primo bacio che aveva dato e ogni singola piega del corpo di sua moglie, quando i loro corpi aderivano nel sonno, e il calore enorme emanato dal quello minuscolo di suo figlio, che lo aveva marcato indelebilmente quando glielo posarono per la prima volta tra le braccia inesperte.

E Gigi volse lo sguardo e pensò che qualsiasi ritmo avesse preso il suo cuore da allora, lui aveva conosciuto la grazia.

L'uomo che saltava sulle onde

Da piccolo non sapeva del suo dono.

Era nato in un paese di collina, il nonno gli aveva insegnato il nome di mille erbe e mille fiori ed era convinto che quel suo mondo verde di primavera e giallo rosso d'autunno fosse già la sua fiaba personale.

Poi un giorno, avrà avuto sette anni, lo avevano portato al mare, era rimasto incantato dall'eterno ritorno delle onde, dalla sinfonia di quell'andare e venire uguale e sempre diverso e si era sentito irrimediabilmente attratto. Tuttavia non c'era stato verso di convincerlo a immergersi. Stava ore sul bagnasciuga, raccoglieva conchiglie e guardava le onde con infinito, immutabile stupore. Come se quelle gli parlassero, come se quelle lo ammaliassero, come se, intorno a lui, le luci si fossero spente e lui fosse l'unico spettatore di una sala cinematografica che dava un solo film interpretato sempre da attori diversi e lui ne volesse ancora e ancora.

Al tramonto lo portavano a casa e lui tornava il ragazzino di sempre. La notte, quando il nonno saliva a controllare il suo sonno, percepiva il suo respiro regolare e

14

le sue labbra disegnavano sempre la curva di un sorriso.

Poi la vacanza era finita, erano tornati in collina e nei suoi racconti di bambino era spesso tornata la magia di quelle onde che di volta in volta si facevano sempre più grandi e spumose. Il bimbo era cresciuto e si era trasferito ad abitare in una casa sul mare, perché ascoltare il respiro delle onde era diventata col tempo un'urgenza.

La sera si fermava sulla spiaggia. Fu una di quelle sere, mentre intratteneva il dialogo muto con le onde, che si sentì chiamare; si guardò in giro ma non vide nessuno così non comprese da dove venisse la voce che diceva:

«Vieni, vieni» poi d'improvviso le onde si fecero alte e la spuma montò soffice. L'uomo comprese, si alzò, camminò verso l'acqua, salì sull'onda e si sentì sollevare e portare al largo. Si rese conto che i suoi piedi erano perfettamente asciutti, fu preso dall'euforia e saltò in alto; a quel punto le onde si levarono ad accoglierlo e più in alto saltava più le onde si alzavano a riprenderlo.

Lunghi anni durò il matrimonio dell'uomo con le onde, fu un matrimonio felice. Ancora oggi se passi in riva al mare in un mattino di tarda primavera in quel paese di riviera ti potrà capitare di vedere un omino anziano che salta felice sulle onde, ma lo straordinario è che anche le onde sembrano sorridere.

Hic et nunc

Per essere qualcuno qui ed ora,
bisogna rinunciare ad essere un altro,
altrove o in seguito

Vladimir Jankélévitch

Era sempre stato «qui ed ora», era un padre e un marito ed era stato (e ancora lo era) il figlio unigenito di madre vedova e tiranna; e lavorava con impegno da molto tempo prima che il panico strisciante da crisi rendesse tutti devoti alla professione. Unica concessione all'hic et nunc erano le pagine dei libri e i sogni: amava entrambi, profondamente ricambiato.

Gli uni e gli altri gli concedevano straordinarie evasioni, cancelli aperti su mondi sconosciuti, voli su panorami sconfinati. Ora contava qualche capello in meno e qualche pelo di barba impreziosito da un luccichio d'argento in più, eppure al mattino ancora sorrideva allo specchio, prima della sentenza capitale del rasoio, vedendo che il suo riflesso non aveva tradito l'idea che aveva di sé. Sapeva ironizzare sulle sue miserie umane

17

e regalare sorrisi al prossimo. Poi un giorno aveva iniziato a dormire poco e male e il sonno aveva smarrito il sogno. Si aprì così una stagione cupa dell'anima con cieli bassi e pesanti, furti di sorrisi e mari di silenzio, la sensazione del precipizio ad un passo o peggio: la convinzione che quel passo fosse già stato fatto col conseguente dolore di aver dimenticato come, quando e perché. La sua bocca aveva preso una piega amara e la barba al mattino dava un'ombra livida al viso.

Prese coscienza del fatto di avere molte viscere, perché dolevano, non suonavano più come strumenti bene accordati sotto la direzione di un buon maestro d'orchestra. La vita stessa divenne un fardello pesante che non sapeva neppure trasportare. Si lasciò trascinare dal medico dalla moglie angosciata, che temeva, nell'ordine, disturbi del cuore, del fegato e della mente, ma solo perché da un bel po' non si esercitava nella lettura della sua anima. Il medico era un brav'uomo e gli fece fare alcuni esami per tranquillizzare lui e la sua famiglia. Rassicurato dai buoni esiti gli disse:

- Dove ha smarrito la diritta via? E dove lo andiamo a cercare il tracciato? Ora le sembrerà impossibile, ma questa volta non sono io che potrò fornirle la soluzione; quella va cercata dentro di Lei. Può venire qui quando vuole a raccontarmi come la sta cercando, l'ascolterò volentieri, ma sia clemente con se stesso, si conceda una chance. Quella porta aperta segnò il passo di un tentativo di nuovo inizio. Si impose di dormire quando aveva sonno e ricominciò a sognare. In mezzo ad un groviglio di sogni disperati trovò, di tanto in tanto, uno dei sogni che un tempo lo facevano volare. Nell'intervallo di pranzo si concedeva lunghe passeggiate, ancora non riusciva a concedersi di viaggiare con i libri.

Venne nuovamente l'inverno e quell'anno fu particolarmente inclemente, tornò così a rifugiarsi in biblioteca nell'intervallo di pranzo. C'era una nuova bibliotecaria, i lunghi capelli domati da una grossa treccia, gli occhi belli dietro spesse lenti e i suoi modi cortesi raccontavano di più di lei di quanto non facessero i suoi imbarazzati tentativi di socializzare. Presero a raccontarsi i libri che leggevano, presero a consigliarseli.

Un giorno lei gli chiese come mai non leggesse più libri di poesia, mentre dalla sua scheda risultava che ne avesse presi molti in passato. Lui le confidò che per leggere poesia bisognava poi saper ascoltare l'eco che i versi facevano risuonare dentro di sé e che lui da un po' era anecoico - qualunque cosa questo significhi - le disse, (e fu la prima volta dopo mesi che riuscì a regalare un sorriso); mentre, al momento, i romanzi avevano ripreso ad accompagnarlo in viaggio, anche se per mesi non erano stati altro che il peso di un plico di fogli di carta nella tasca della sua giacchetta.

Lei gli disse che comprendeva il senso del suo dolore e a lui parve più bella. Ogni volta si salutavano e si domandavano: «Come stai?» e quelle due parole avevano un peso, come sassi nelle loro bocche, sassi lanciati alla

19

ricerca di un segnale dal fondo. Le rinnovavano ogni giorno, senza che divenissero un'abitudine, con la fame di sapere l'uno dell'altro, con la certezza che formulare la domanda e ascoltare la risposta fossero medicina l'uno per l'altra. Un giorno all'ennesimo come stai, lui rispose di essere tentato dalla fuga, lei domandò se sarebbe stata una fuga solitaria, le rispose - Inizia a controllare la tua cassetta della posta, ci troverai, prima o poi un biglietto aereo.

- Se fuggissi saresti un uomo diverso – gli rispose, sorridendo.

- Mi riconoscerai lo stesso: sarò quello con una camicia a righe rosse sottili e una pianta di rosmarino fiorito. La parola d'ordine sarà "Ti ho messo il sale sulla coda", e la controparola "Per fortuna non l'hai persa".

In punta d'ago

Eva aveva cresciuto i figli che ormai adolescenti avevano le loro vite. Un tempo diceva: "Verrà il giorno in cui potrò dedicarmi a me stessa", poi il giorno era arrivato, non si era ben resa conto quando, ma era arrivato, e in realtà ora non sapeva neppure più cosa significasse occuparsi di se stessa. Il marito era un misterioso coinquilino, i figli dei chiassosi alberganti. Aveva passato anni a vestire, svestire, cucinare, lavare, pulire, accompagnare e prelevare, con la TV sempre accesa, non aveva mai letto un libro, sempre dicendosi che non aveva tempo, non aveva curato il suo corpo (a che pro?) e ora non sapeva da che parte iniziare. Si sentiva vuota e inutile, e il tempo si dilatava, la risucchiava in una bolla e non procedeva. Un giorno trovò la scatola dei fili da ricamo, con cui aveva fatto bavaglini e lenzuolini, mentre aspettava i suoi figli. Così ricominciò a ricamare a mezzo punto. In principio seguiva gli schemi delle riviste, poi ci riprese gusto e mischiò i colori: ed i cuscini divennero albe e tramonti, oceani in tempesta.

Poi ricamò fiori e frutti e se annusavi ne sentivi il profumo. In seguito modellò principesse tristi e la tela era sempre un po' umida delle loro lacrime. Un giorno iniziò a ricamare un arazzo con un grande giardino.

Sui rami degli alberi di ogni specie creò uccelli di cui si poteva distinguere il melodioso cinguettio. Con ago e filo plasmò tra le piante un bel giovane dal volto sorridente e il corpo armonioso con a fianco una donna dalle lunghe chiome lucenti e il sorriso seducente; la modellò con la mano allungata verso un melo, da cui staccava un frutto succoso per porgerlo all'uomo.

L'uomo di quel frutto si cibava. Nulla dopo quel gesto mutava: l'uomo e la donna rimanevano felici in quel paradiso, senza lacrime, né dolorosi travagli.

Da quel giorno la vita di Eva cambiò: aveva creato la bellezza. Era stata dio, un dio amoroso e compassionevole per le sue creature, ora poteva esserlo per se stessa.

Il fratello di Sherazade

E quando il tamburo dalla testa tornò a scendere nel petto ed iniziò a rallentare il ritmo, e quando tornarono a spartirsi gambe, braccia e bocche, e quando ci fu nuovamente un mio e un tuo corpo, allora, e solo allora, scoprirono che volevano un modo affinché l'alchimia non svanisse col sudore. Fu in quel momento che lei gli sussurrò all'orecchio: "Raccontami una storia e portamici per mano". Così l'uomo cominciò a raccontarle del grande bufalo indiano che abitava in fondo alla sua via quando era piccolo e che detestava parlare; con quello una sera lui e la sua amica Martina si erano presentati al ristorante dove lavorava lo zio Artemio.

Lo zio aveva sposato la donna-più-bella-del-mondo.

Bella e triste, cenava spesso al ristorante col suo primo marito, il quale non si era mai accorto di lei, anche se era il tipo che poteva rimanere incantato dallo splendore dell'unghia del quinto dito del piede sinistro di una donna che passava una sola volta a sei metri da lui, tessendone le lodi per giorni e giorni.

Una sera zio Artemio, dopo aver servito personalmente la cena al tavolo dell'inventore della senape, la vide entrare. Bella e triste, come sempre. Si tolse allora il tovagliolo dal braccio, posò l'inseparabile bloc-notes delle comande e le si avvicinò: - Permette un giro di vita? Lei gli aveva sorriso e ancora oggi puoi vederli girare occhi negli occhi. Poi le raccontò della Signorina Elisa del balcone di fronte a casa sua, bella anche se già matura. Quando stendeva la sua biancheria intima, si diffondeva un profumo buonissimo, che metteva il buon umore ai maschi del vicinato, compreso suo padre, faceva ingelosire le donne, e tutte – persino sua madre - si domandavano che detersivo usasse.

Divenuta anziana, la signorina confessò a sua madre, che ogni tanto le faceva la spesa, che il segreto stava nel mettere petali di fiori di stagione nella zuppa e non nel detersivo con cui lavava i panni. Poi le raccontò di quella volta che con i bambini del quartiere avevano brevettato la grattugia per nuvole basse, scrivendo persino il libretto d'istruzioni. Ne avevano vendute ben dieci esemplari: cuore di mamma! Le donne che si erano viste sottrarre da casa le grattugie, con cui in vita loro non avevano grattato altro che grana, (le più fantasiose al limite qualche pecorino, solo romano però) le avevano in seguito ricomprate con altra destinazione d'uso certificata, anche se all'ora di pranzo erano già state demansionate. Poi le raccontò di quella notte che caddero così tante stelle che non aveva più desideri da esprimere era ancora in credito di esaudimenti.

- Posso andare avanti per milledue, milletre notti – le disse infine - o anche di più se avrai la pazienza di ascoltarmi, oppure possiamo fare l'amore di nuovo.

26

Luisa l'ammazza il caffé

Maria Luisa era una veggente specializzata nella lettura dei fondi di caffè. La sua fama si era accresciuta nel tempo dopo che aveva previsto, un pomeriggio di trentasette anni prima, un ricovero ospedaliero per la signora Clelia che abitava al secondo piano del palazzo di fronte. Quel giorno Clelia, di ritorno da un pranzo dalla consuocera, aveva invitato Maria Luisa per un caffè. Maria Luisa, terminato di bere il suo, si era adombrata osservando il fondo della tazza di Clelia.

Aveva appena finito di dirle «Siete sicura di sentirvi bene?» che quella, dopo aver risposto con un sorriso «Sicuro!», aveva iniziato a dimenarsi come un'anguilla. Calcoli alla cistifellea era stata la diagnosi e da quel giorno il tam tam condominiale aveva determinato la formazione di code lungo le scale dello stabile di via Fossombrone 18 dove Maria Luisa viveva con il panciuto consorte, Osvaldo. Venivano da tutta la città per i suoi oracoli. Così un po' alla volta Maria Luisa -Luisammazzacaffè, per tutti - si era creata un suo studio che aveva arredato con pesanti tendaggi, tappeti orientali e cuscini, al centro un piccolo tavolino rotondo coperto da una spessa tovaglia di broccato con lunghe frange, su cui a ogni richiedente veniva servito il caffè da interpretare. La casa di Luisammazzacaffè odorava di un misto di caffè e incenso di pessima qualità. Una fragranza deleteria per Osvaldo, che girava perennemente con la goccia al naso e un enorme fazzoletto nella mano destra, tuttavia aveva dovuto farsene una ragione "Meglio il raffreddore che la miseria" sosteneva sua moglie " con l'incenso raggiungo il climax" e gli oboli volontari dei clienti servivano a campare con dignità da quando lui era in pensione. Fu quindi mesto il giorno in cui lei tornò a casa devastata dall'ambulatorio del medico di famiglia. Vi si era recata per una stizzosa tossetta notturna che da qualche tempo l'affliggeva e per leggere palpitazioni che l'assalivano dopo cena; lui le aveva prescritto degli accertamenti e con i referti in mano aveva sentenziato:

«Gastrite. Troppi caffè mia cara Signora»

«Dice?»

«Quanti ne prende al giorno Luisa?»

«Dipende dalla giornata»

«Insomma facciamo una media!» aveva insistito piccato il dottore, cui era giunta voce della sua attività

«Direi nove di media»

A quel punto lui aveva ribattuto:

«Se vuole trasformarsi da Luisammazzacaffè in Luisalammazzailcaffè, padrona, ma direi che è ora di darci un taglio. Serva il caffè solo ai suoi clienti e lasci perdere la dose per sé».

Ora Luisa stava singhiozzando tra le braccia di Osvaldo che cercava di confortarla.

«Segui le indicazioni del dottore, che sarà mai, la gente verrà lo stesso »

«Tu non capisci, io non ci ho mai visto niente in quelle tazze, è che davanti al caffè si crea un'atmosfera di intimità e confidenza per cui dopo un po' leggo nei loro occhi ciò che vorrebbero sentirsi dire»

«E allora la Clelia, quella volta?»

«Ma Osvaldo, era pallida come un cencio e tutta sudaticcia, era troppo presa dalle critiche alla consuocera per rendersi conto perfino di stare male!».

Il giorno dopo Maria Luisa seguì le indicazioni del medico, ma al terzo tentativo di divinazione andato storto, chiuse bottega: al climax con una sola tazza di caffè in due non si approdava affatto, non c'era incenso che potesse salvare la situazione. Smontò lo studio e tornò a fare la casalinga a tempo pieno. Con quell'amarezza addosso perfino la cura della gastrite procedeva a rilento, nonostante seguisse la terapia e si attenesse strettamente alla dieta del dottore. In seguito la signora Clelia andò a trovare Luisa e questa le offrì una tazza d'orzo. Le donne si sedettero in cucina e Clelia raccontò a Luisa che la contessa Pervicini, che abitava nella villa all'angolo di via Fossombrone, era disperata per aver perso il gatto. Fu mentre quella pronunciava la parola "gatto" che nella schiuma della tazza di Luisa si formò la silhouette del muso di un micio, seguita da quella di un trattore piccolo, poi, senza capirne il motivo, comparvero l'inconfondibile panza, il faccione sorridente di Osvaldo con gli occhiali da sole e infine la forma di un'isola. Luisa piantò lì una stupefatta Clelia e corse all'angolo di via Fossombrone diretta alla villa; suonò al campanello e con il suo aiuto fu ritrovato il micetto della contessa incastrato sopra la ruota del trattorino tagliaerba del giardiniere dei Pervicini, il micio era stremato ma salvo. Felice e grata la contessa offrì a Luisa e Osvaldo un soggiorno di una settimana nella sua villa in Sardegna.

Con la pubblicità promossa dalla contessa, e soprattutto da Clelia, Maria Luisa era certa: al loro ritorno la premiata ditta Luisalammazzailcaffè avrebbe riaperto i battenti. L'orzomanzia era il suo futuro.

Il ritardo

La donna lavorava da anni per la piccola ditta di minuterie metalliche. Era una specie di factotum, anche se il titolare sapeva perfettamente che senza Ilaria l'impresa sarebbe andata ad allungare, già da almeno tre anni, la triste lista dei cadaveri decomposti che un tempo rappresentavano la fiorente piccola-media industria italica. Quando non sembravano più esserci commesse, quando i conti sembravano virare minacciosamente verso il rosso, lei estraeva il coniglio dal cilindro e, la macchina si rimetteva in moto, seppur sbuffando e gemendo con la ridotta innestata. Come facesse non si sapeva. Partiva in giro per lo Stivale e tornava con le commesse; certo non quelle di un tempo, ma quel tanto che bastava, con un po' di cassa integrazione a turno, a non lasciare a casa nessuno. Ilaria aveva una voce che era velluto, faceva sognare tutti gli acquirenti, poi, al momento delle presentazioni, la femme fatale si palesava come un enorme burroso bignè con le fossette sulle nocche delle mani e una stazza imponente.

In quella sera di mezza estate si trovava in una pensioncina due stelle di una città del Nordest.

Era in attesa di un colloquio con il titolare di una società che avrebbe potuto rappresentare un nuovo giro di manovella per gli affari della ditta; se non si era arrivati al baratto poco ci mancava, ormai ci si guardava negli occhi tra persone serie e si stilavano strategie che evitassero il più possibile di dover ricorrere al credito delle banche. Neanche Bonaparte prima della Beresina faceva tali piani strategici.

Ilaria era intelligente, spiritosa. Aveva (non si sa dove) un tarlo che minava il suo amor proprio: l'animale divorava lei e lei mangiava di tutto per saziarlo, provando a zittirlo, consapevole che invece più mangiava e più quello avrebbe continuato a pretendere, minando le fondamenta della sua autostima. La macchina da guerra negli affari era una donna senza uno straccio di vita nel privato: leggeva, ascoltava musica, aveva tre o quattro amiche di vecchia data, ma da anni nessuna presenza maschile degna di tale nome.

In quella notte con l'aria condizionata della pensione fuori uso, le pieghe della grossa Ilaria si stavano trasformando in una tortura. Aveva provato a fare una doccia, aveva raccolto i capelli in uno chignon, aveva cercato di sventolarsi col libro che stava tentando di leggere senza smuoversi dalla pagina e perfino dalla riga, tale era il suo tormento; si era seduta vicino alla finestra, ma l'aria era da ore ferma e densa, perfino il tempo sembrava non scorrere più, si era liquefatto. Aveva già bevuto le due lattine di analcolico del minuscolo frigobar, di passare all'alcool con quel caldo non se ne parlava davvero e poiché la pensione non prevedeva servizio in camera, si infilò un prendisole di lino che aveva in valigia e scese alla ricerca di qualcosa di fresco. L'abito le si incollò addosso immediatamente. Si avventurò fino alla reception; non v'era traccia di anima viva. Chissà dove si era infilato a dormire il portiere di notte. Provò a schiarire la gola, finse qualche colpo di tosse ma non si presentò nessuno, così pensò di cercare la cucina da sola, girovagò per il piano terra e d'improvviso da una porta semi chiusa comparve una lama di luce.

- E' permesso?

Un uomo collocabile al limite sfumato della gioventù sedeva sulle piastrelle consumate dagli anni e dal continuo calpestio della cucina, la porta aperta del frigo era stata il richiamo luminoso che l'aveva condotta fino a lui. S'intuiva dalla postura la consapevolezza di una bellezza comunque ormai sciupata, forse da troppa cognizione, forse da troppe sigarette, sicuramente da troppe birre. Anche in quel momento ne stava bevendo una che appariva fresca e invitante alla grondante Ilaria. Senza accennare minimamente ad alzarsi, l'uomo le fece segno di entrare:

- Posso esserle d'aiuto?

- In realtà cercavo qualcosa da bere.

Lui fece un cenno come per invitarla ad accomodarsi. Impacciata sul da farsi, guardò lui per un attimo poi verso il frigo, finché il caldo e la sete ebbero la meglio e si chinò: un esercito schierato di bottiglie di birra trasudanti freschezza erano negli scomparti, pronte al ratto. Ilaria colse la prima al centro, quasi a voler sparigliare l'esercito. Portò la bottiglia alla fronte e quindi al collo per rinfrescarsi poi qualcosa che la bruciava più del caldo che l'aveva portata lì: sentì lo sguardo dell'uomo posato sulle sue carni e intuì che la birra di colpo si era trasformata nella mela di Eva nell'Eden e come Eva si sentì nuda; forme, volumi e materia d'improvviso avevano esigenze sopite da troppo tempo. La piena ruppe gli argini.

Fu una donna diversa a varcare la soglia della pensione Berrutti il mattino dopo, l'orologio le diceva che aveva ventitré minuti di ritardo sull'appuntamento di lavoro; Ilaria guardò il quadrante con stupore e sorrise.

Una ciocca di capelli ancora umida scese dallo scomposto chignon.

I viaggiatori immobili

Da anni ormai si davano appuntamento sulla stessa panchina, non era necessario decidere un orario, talora lui arrivava un po' in ritardo, suscitando in lei – ansiosa per natura - un sottile timore. Prima o poi comunque, finivano lì, un sorriso, una mano da allungare a conforto. Persino quando era sparita, disfatta dagli anni e dall'incuria, ammesso fosse mai esistita, loro non avevano mai mancato all'appuntamento.

Come in un quadro impressionista, cambiava la luce, la stagione, cambiavano i loro umori, ma mai la tensione che li trascinava per mano fino a quel luogo d'incontro, dove si intrattenevano volentieri, uno accanto all'altra.

Amava di lui la geniale fantasia e la malinconia sconosciuta ai più. Era da sotto un fiore della sua cravatta che voleva coglierlo, da quel terreno morbido dove, se si ascolta, batte la vita, dove il blu, che gli donava molto, faceva da cielo a un occhio di smeraldo e a uno di giada.

Amava di lei la perseveranza nell'affetto e il fascino che lei però non si riconosceva e schernendosi negava, non avvezza a suscitare certi tipi di attenzioni.

Avevano interessi comuni, pur guardando orizzonti diversi. Viaggiavano nel tempo e nello spazio con le parole, mangiavano con la fame dell'anima oltre che dello stomaco e, per saziare quella, cucinavano con piacere.

Non ci fosse stata quella panchina si sarebbero riconosciuti comunque in un altro mondo, in un'altra vita. Forse sarebbe stato un battito di ciglia, forse la frase di un libro amato sussurrata in contemporanea durante una noiosa serata tra sconosciuti, forse il ritmo spezzato dei versi di un poeta scivolato dalla bocca di lui fin dentro l'orecchio di lei, causando il turbamento che fa fremere le vene dei polsi, o più semplicemente annusandosi come cani, perché, a dirsela tutta, c'era qualcosa di molto animale in quel cercarsi e ritrovarsi ancora e ancora e nella certezza del desiderio di sciogliersi nelle pieghe della pelle l'una dell'altro.

A volte con le parole spegnevano la luce del giorno e accendevano bengala nelle tenebre, a volte mettevano in scena l'uno per l'altra spettacoli pirotecnici, a volte riuscivano a trascinarsi a nord del globo terrestre e disegnare nel cielo aurore boreali. Bastava esserci, lo spettacolo di quella spinta che li calamitava lì accendeva lo schermo. La storia poteva aver inizio.

In morte del cane parlante

Il cane parlante stava lì steso, il respiro corto e affannoso, il capo semireclinato sul petto che si alzava e abbassava affamato di aria e di vita. Ancora pochi attimi e la sua luminosa stella si sarebbe spenta, portando con sé tutti i personaggi che negli anni aveva saputo narrare. Come avesse imparato a parlare era un mistero, mentre era chiaro da chi avesse appreso le mille storie che nei dodici anni della sua esistenza aveva raccontato a chi sapeva ascoltare. Era stato raccolto cucciolo dalla donna che ora, affranta, vegliava i suoi ultimi respiri; lo aveva salvato da fine certa, visto che la madre era morta per complicanze del parto, e lei aveva accettato di provare a salvare uno dei quattro cuccioli rimasti orfani a casa di una sua amica. Dopo averlo portato nella sua casa piena di libri, lo aveva allattato con un biberon per due mesi abbondanti, giorno e notte, puntando la sveglia, e per non cedere al sonno leggeva a voce alta mentre lo teneva in grembo. Quel fagotto di pelo, cresceva a vista d'occhio, e pareva apprezzare le letture.

Cane, donna e libri erano diventati inseparabili. Un pomeriggio d'aprile, poco dopo lo svezzamento, il cane iniziò a parlare per la prima volta. Avvenne al parco, quando una bimbetta che giocava iniziò a lanciargli una palla, dopo la quindicesima volta che lei lanciava e lui la riportava, il cane, assetato, le sussurrò all'orecchio:

- Andiamo a bere alla fontana. Se mi accompagni, ti racconterò la storia dell'elefante acrobata.

La bambina aveva spalancato la bocca, rivolto lo sguardo a sua madre e alla padrona del cane, che chiacchieravano incuranti del miracolo a cui lei aveva assistito, e dopo aver assentito col capo si era avviata con lui alla fontanella, ascoltando il racconto dell'elefante che possedeva la grazia di una ballerina di danza classica.

Quando la sera aveva raccontato a suo padre dell'animale parlante, lui aveva sorriso della straordinaria fantasia della sua bimba. Il cane aveva narrato storie tristi e storie liete, raccontato di uomini e animali, di stelle e di nuvole, a volte di alberi che sapevano viaggiare con le radici. Aveva presentato le sue storie soprattutto a bambini e ad anziani: trovava che fosse giusto farlo per loro, perché ai primi ormai si era perduta l'abitudine a raccontare e i secondi non avevano più occhi buoni per leggere ed entrambi soffrivano di solitudine.

Poi raccontava per gli adulti che avevano ancora la grazia dello stupore, quelli dal cuore libero e quelli tristi che non trovavano sollievo neppure tra le pagine di un libro. Aveva sensibilità nell'indovinare coloro ai quali serviva una storia e serviva subito; l'urgenza gli suggeriva i personaggi più particolari, i finali più intriganti, le passioni memorabili, quelle che ricaricano i cuori e insufflano la voglia di sopportare altre albe e altri tramonti. Poi arrivò il mattino di quel giorno del suo dodicesimo anno. Uscì come ogni mattina per la sua passeggiata. Camminava sul ciglio della strada a guinzaglio della sua padrona, quando un uomo senza poesia e senza storia, un uomo che non solo non aveva mai sentito un cane parlante, ma che da tempo non aveva orecchi per ascoltare, né occhi per vedere e cuore per amare, ma solo denaro da spendere, sbandò col SUV troppo veloce, lo colpì e se ne andò senza neppure prestare soccorso.

La donna capì subito che per il suo compagno di vita non c'era più nulla da fare, lo portò a casa e con le lacrime agli occhi lesse per lui un'ultima storia.

Legàmi

Se metteva la mano nella tasca sentiva la rassicurante presenza: era una chiave, di quelle vecchie fatte da un fabbro, in parte tagliente, in parte levigata dalle molte mani che l'avevano toccata nel corso del tempo.

Lui sapeva che apriva quel piccolo baule che stava in soffitta. Fin da bambino avrebbe voluto carpire il segreto di quel piccolo scrigno, che a quel tempo era certo, contenesse corone, pietre preziose, un tesoro.

Il baule apparteneva al nonno e la chiave l'aveva conservata gelosamente nonna Amalia. E più la nonna si rifiutava di rivelarne il contenuto più quello diventava prezioso e magico. Poi la nonna era morta e la chiave era passata alla zia Francesca che a sua volta aveva mantenuto il segreto, ed ora anche la zia aveva chiuso gli occhi e, non avendo figli, la chiave era giunta a lui, il suo unico nipote, anche se lei aveva detto, fino a pochi giorni prima di morire, che, se fosse stato per la tradizione, lui non l'avrebbe mai potuto avere il baule.

Ora aprirlo era diventata un'urgenza, un'esigenza, ma aspettava di essere solo, di salutare gli ultimi lontani parenti e amici che erano venuti per l'estremo saluto alla zia. Lei si era spenta a pochi mesi dal suo adorato Ettore, l'amore della sua vita. Tutti avevano convenuto in quel mattino fiorito di primavera che non poteva che andare così visto il legame che li univa.

Quando finalmente restò solo salì in soffitta, prese il piccolo baule che non era poi troppo pesante, e lo portò in soggiorno, sprofondò nel vecchio divano e con la chiave, ormai calda a forza di girare e rigirare nella sua mano, fece scattare la serratura. Una scatola di Baci Perugina vecchissima legata con un nastrino di raso azzurro, una scatola di latta di biscotti Lazzaroni, un rotolo di carte ingiallite legate con uno spago, una cartellina di cartoncino con gli angoli mangiati dal tempo.

Tutto lì.

Ma perché tanti misteri?

Aprì la scatola dei biscotti e pescò la prima carta ingiallita dal tempo.

"Gentilissima Amalia,

spero che questa mia La trovi in buona salute e spero che troverà qualcuno che l'aiuti a leggere quanto il Capitano Rampazzo sta scrivendo per me. Le sono molto grato per il pacco con le calze di lana che mi ha inviato, dopo giorni di cammino sotto la pioggia non ho più neppure un osso asciutto, quindi non poteva farmi dono più prezioso, ma ringraziando il cielo la linea nemica ora è lontana e posso pensare a voi di casa che mi mancate tanto.

Se il Signore lo vorrà, farò presto ritorno da voi tutti e potremo finalmente fissare la data delle nozze.

Dite a mamma di non piangere e di ricordarmi nelle sue preghiere.

Con immutato affetto.
Suo devoto
Giuseppe"

Poi aprì la scatola dei cioccolatini

"Ettore carissimo, brinderò ogni giorno della mia vita a quella X che ci ha fatto incontrare. Chi mai avrebbe pensato che litigando per il risultato di una partita di calcio su una schedina del Totocalcio si sarebbe vinto alla lotteria della vita? Sei lontano da pochi giorni e già mi manchi, torna presto.

Francesca che ti ama"

E più carte apriva e più parole d'amore trovava e più i legami, senza i quali lui non sarebbe mai esistito, si saldavano; ma più di quanto leggeva, fu la certezza dell'importanza che quelle parole avevano avuto nelle vite di quelle persone care che gli fecero capire l'entità del tesoro. Ne erano testimonianza la consunzione dei fogli e la cura con cui erano state conservate e traman- date da innamorato a innamorato (che il peso delle pa-

47

role d'amore conosce). Era ormai un mese che pescava lettere dallo scrigno, una al giorno, gli piaceva ninnarsi con quelle parole, lo facevano scivolare nel sonno sereno. Quella sera gliene capitò una tra le mani, la cui carta non era usurata come quella delle altre.

Pareva letta una sola volta.

"Francesca,
mia chioccia adorata,
asciuga le lacrime, voltiamo pagina, facciamolo per il nostro amore che mi è così caro, facciamolo per noi, per dignità, perché crediamo in quello che siamo insieme, facciamolo per quei bimbi che non vogliono saperne di arrivare, ma di cui, lo so con certezza, saresti stata la migliore madre che si possa immaginare, facciamolo per il padre, forse non all'altezza, che sarei stato io. Non voglio neppure sapere chi non è adatto a procreare di noi due, non ci è stata data questa fortuna e basta.
Ma si può essere sempre fortunati nella vita? Io già sono stato baciato dalla dea bendata ad aver incrociato te sul mio cammino, non potevo chiedere di più.
Non distruggiamo tutto alla ricerca di ciò che non c'è, abbiamo già così tanto noi insieme. Ripartiamo da noi.
Ettore che farebbe di tutto per ridarti il sorriso"

Vicino a quella trovò la risposta, solo leggermente più usurata:

"Caro Ettore,

ti prego lasciami tempo, se riuscirò a ricominciare è da noi che inizierò, lasciami il tempo che si posi la terra sulla tomba dove ho sepolto i nostri figli mai nati. A loro che quasi chiamavo per nome, avevo già cantato ninne nanne, asciugato lacrime e baciato piedini e manine, avevo sgridato per capricci inutili. Li avevo immaginati divenire adolescenti goffi. Avevo visto in loro i tuoi occhi belli e le mie manie e, per questo, li avevo amati.

Non sono stati e non saranno mai e rassegnarsi a non poter dare né ricevere tanto amore è un dolore immenso.

Prova ad aspettarmi, faccio un giro nella notte, tu sei il mio faro, forse potrò tornare.

Francesca"

Piegò quelle lettere, inattese per lui, gli zii erano stati così presenti nella sua vita, ma mai aveva intuito tanto dolore. Poi sorrise consapevole che il faro aveva saputo portare la barca in porto: il più bel figlio non era mai cresciuto, ma le cose più belle sicuramente se le erano dette. Pensò a se stesso e ai legami che aveva provato nel tempo a costruire, a chi contava veramente per lui. Dopo un po' prese la sua decisione.

Per la sua lettera aveva riesumato la Montblanc che gli era stata regalata alla laurea, aveva scelto con cura la carta e aveva deciso per un inchiostro rosso, perché era quello il colore imposto dal flusso di pensieri che premeva sul pennino.

"Cara Giulia,

immagino la tua faccia stupita nell'aprire la cassetta delle lettere, nello scorgervi una lettera indirizzata a te; non una bolletta da pagare, non la pubblicità di un abbonamento da sottoscrivere, ma una missiva con il tuo nome sopra l'indirizzo e con il mio sul mittente.

L'avevo tenuto, questo indirizzo, quando mi avevi regalato quel CD che cercavo da tempo senza successo, sapevo che prima o poi ne avrei fatto buon uso. Quella volta eri stata tu a sorprendermi: quando trovai il pacchetto avevo il sorriso di un bimbo la notte di Natale davanti all'albero. Ricordi che ti avevo raccontato dello scrigno che ho ereditato? Ricordi le lettere di famiglia, quella lunga trama d'amore lungo le generazioni e quelle che ti trascrissi e mi dicesti quanto ti avevano commosso?

Allora servivano a tener desto un sentimento che suggellava l'impatto emotivo che i sensi avevano creato: occhi si erano incrociati, mani si erano sfiorate, profumi avevano inebriato e poi ancora sapori condivisi, suoni familiari, musiche che accompagnavano momenti comuni.

Noi ci "conosciamo" da un anno, ci siamo costruiti ponti di parole che hanno colmato i limiti della distanza.

Abbiamo condiviso pagine di libri, battaglie sociali, brani musicali, racconti di esperienze, qualche foto.

Abbiamo riso insieme e diviso preoccupazioni senza mai esserci incontrati. Ma ora ho capito che tutto questo non mi basta, ho bisogno di regalarti un'altra dimensione, ho bisogno che la luce del tuo sorriso muti sempre insieme a quella dei tuoi occhi, che non resti congelata su uno schermo, ingabbiata in milioni di pixel.

Ho bisogno di sentire il calore del tuo contatto, fosse solo quello di una stretta di mano. Ho bisogno di vedere il colore che ti sale alle gote mentre sorseggi un bicchiere di rosso e mi racconti le cose che per te sono importanti.

Voglio conoscere il profumo della tua pelle.

Per questo ho preso un biglietto del treno e ho prenotato una stanza in una pensione della tua città, voglio che tu possa giocare in casa e sentirti libera.

Sarò lì nel weekend tra quindici giorni. Avrai quindi il tempo di fermarmi se non ti dovesse piacere l'idea d'incontrarci; anche se io ormai lo ritengo indispensabile e così fondamentale che una mail mi pareva un abito troppo misero per ciò che è quanto di più simile a una lettera d'amore io potessi partorire.

Enrico"

Prima di spedirla aveva copiato la lettera e aveva inserito la copia nello scrigno, zia Francesca avrebbe approvato.

Un occhio ad est

Il suo occhio sinistro guardava a Oriente. Lo faceva fin da quando la Cina non era vicina e il sushi non lo conosceva nessuno, e ora che tutti vestivano made in China e consumavano più sashimi che trippe, al Signor Oreste non importava più nulla di poter osservare orizzonti mitteleuropei; alla sua età ormai gli altri si erano abituati a non capire con quale dei suoi occhi stessero colloquiando e lui si era assuefatto al suo particolare punto di vista, anche se in gioventù la cosa gli era pesata parecchio. Erano rimasto vedovo già da sette anni e quella sì l'aveva vissuta come una beffa.

Le donne, si sa, sono più longeve degli uomini e lui la sua Marisa l'aveva scelta quasi dieci anni più giovane, quindi, quando se ne era andata nel sonno, l'aveva presa come un'offesa personale. Dopo una vita di rimbrotti reciproci, lei l'aveva sfidato per l'ultima volta, lasciandolo senza possibilità di replica. I litigi con Marisa erano un bel passatempo da quando era in pensione, dopo che lei se ne era andata, viveva i lunghi silenzi come un incubo, una punizione tardiva della consorte.

Ma per Oreste parlava il suo clarino. Quella della banda era una passione di famiglia che si tramandava di generazione in generazione: zio Fernando suonava la tromba, suo padre Titta il basso tuba. Costui era una pertica lunga e secca e quando soffiava dentro al basso tuba le gote si gonfiavano che pareva dovesse decollare in mongolfiera. A Oreste, a otto anni, era toccato in dono il clarino. Era grazie alla banda che aveva conquistato Marisa. Quando suonava in estate alla festa patronale, con gli occhi bassi sullo spartito, tutti venivano rapiti dalla passione che metteva nell'eseguire le arie d'opera. Dal clarino non uscivano solo note, spuntavano fiorellini di bosco e tra gli alberi, nei prati verdi di primavera, un fagiano dal piumaggio brillante spiccava il volo e portava con sé il pentagramma del suo spartito, che formava un ponte su cui due innamorati si prendevano per mano. Al termine di una settimana di sagra Marisa fu conquistata e trovò incantevole l'occhio vòlto a Oriente. Dopo che lei se ne era andata, per un po' Oreste l'aveva abbandonato. Quando l'aveva ripreso, uscivano solo note cupe mentre si esercitava. Poi lo trascinarono alle prove della banda. Le uniche volte in cui il suo strumento ripeteva la magia di evocare immagini come un tempo, era quando Mimì moriva divorata dalla tisi, o Cio-Cio-San si dava la morte.

In quel momento, quando faceva affiorare l'elegante acconciatura della bella Butterfly, nera come una notte senza stelle e prostrata sulle sue viscere già straziate dalle pene d'amore e dal tradimento in cui il pugnale faceva altro scempio, le signore presenti si struggevano in pianti senza pari. Ora, dopo sette anni, Oreste ammaliava nuovamente con atmosfere magiche al Concerto di Capodanno organizzato dal Comune.

Al ritmo del clarino erano tornati a sfilare, i Lipizzani al passo della Marcia di Radetzky, e dame con cavalieri volteggiavano nella Hofburg all'un-due-tre del Danubio blu. Seduta in prima fila la Signora Ester, vedova e da poco trasferita in paese per dare una mano alla figlia, con i nipotini, batteva le mani tempo e con cuore palpitante. Apprezzava enormemente quel distinto signore canuto con lo sguardo calato nello spartito, sicura di non aver mai visto nulla di più affascinante di quell'occhio volto ad Oriente.

Piccoli animali da cortile

Erano stati piccoli animali da cortile negli anni in cui il futuro coincideva col progresso e si costruiva col cemento e i motori. Quei piccoli animali da cortile allevati in batteria, in grandi numeri: se ne sfornavano a milioni. Avevano ginocchia nere e sempre sbucciate, su cui si stratificavano le croste, quasi si poteva leggere l'età della bestiola dal numero degli strati di croste sedimentate. Avevano moccoli, labbra screpolate in inverno e colorate dagli improbabili coloranti dei ghiaccioli in estate e baffi di cioccolato. Avevano sempre una bici per andare da casa all'oratorio, partite di calcio e di palla avvelenata da terminare prima di rincasare e figurine celo-manca e bilie da scambiare

Poi erano stati ragazzi negli anni della giustizia proletaria, delle P38, delle bombe a chi tocca, tocca. Lei in piazza contro la violenza, lui un anno rubato a marciare nel gioco inutile della guerra. Non si erano mai visti eppure, senza saperlo, stavano costruendo un ponte, fatto di parole, di pagine e di versi, di universi con posti chiamati Macondo e capri espiatori di professione, di ultime sigarette, di amabili resti, di dammi mille baci ed altri cento, di Nine che volano tra le corde dell'altalena, di Principi del Maine e Re della Nuova Inghilterra, di chi sostiene di averlo conosciuto in un giorno d'estate ed era un tale chiamato Pereira, di per il mio cuore mi basta il tuo petto, di Paula che deve ascoltare una storia così quando si sveglia non si sentirà sperduta, di quindici di luglio che si susseguono nel tempo, di pazze sedute sulla spiaggia che aspettano qualcosa di molto importante come la vita o la morte, di passiate lungo il molo dopo pranzo a Vigata, di splendidissime vite accanto a lui sognate, di partenze frettolose senza ritorno.

Loro erano diventati adulti con il cuore di piccoli animali da cortile. Il ponte veniva su negli anni, lento ma saldo, libro su libro, che nemmeno ci si era resi conto di che distanza coprisse quella sua unica splendida arcata.

La realtà è che ormai lei non ricorda più quando il ponte fu varato definitivamente, e non ricorda nemmeno il giorno in cui lo percorse per la prima volta, perché lo fece con il naso tra le pagine di un libro.

Sa che, al culmine del ponte levò lo sguardo e si trovò di fronte due occhi verdi che si levavano da altre pagine e sorrise a quegli occhi e in quegli occhi si riconobbe e ci si perse dentro. Ora trovate voi le parole per questa storia, perché secondo me c'è molto da raccontare.

E' una storia dalle radici solidissime, con chiome leggere che fanno ombra nelle estati calde, lei se la gode e basta.

Ginevra

Aveva sempre invidiato le belle teste canute, ma il destino non gliene aveva regalata una: capelli color del ferro, ispidi e lievemente diradati rispetto ad un tempo le incorniciavano il viso scarno; il naso da sempre severo le dava ora un'aria di importanza, sposandosi a meraviglia con le rughe, che stavano lì a testimoniare che aveva saputo ridere nella e della sua vita.

Con passo sicuro, (anche se non più spedito come un tempo), camminava per le strade del quartiere in cui viveva fin da quando, bambina, si era trasferita in quella città seguendo il sogno del padre di mettersi in proprio.

In un'epoca in cui era più facile conoscere persone dell'altra metà del pianeta che i propri vicini di casa, Ginevra rappresentava una certezza nel rione.

Dopo poco anche gli ultimi acquisiti, fossero prodotti nostrani o importati, imparavano a riconoscerla, a ricambiarne il saluto, a fermarsi per domandarle come stava, sicuri che avrebbero trovato nell'anziana vicina orecchie attente e fidate, una parola di conforto al momento del bisogno oppure una domanda spiazzante, posta per far scoccare un dubbio, dove ci si arrogava invece il diritto di un'eccessiva certezza. Era colta, di quella cultura che deriva dall'aver amato la lettura, l'ascolto e aver sempre lasciato aperta la porta della curiosità per la vita. Negli ultimi tempi sedeva in primavera e nei tardi pomeriggi estivi sull'unica panchina che non fosse stata distrutta dagli anni, dall'incuria o da chi non riteneva che sedere sotto a un faggio fosse un bene comune. Lì, leggeva. Da tempo la sua non era più una lettura solitaria: aveva iniziato a portare le favole di Rodari o Il Piccolo Principe ai pochi bambini che ancora fruivano del parco. Era divenuta una specie di Pifferaio Magico: sapeva come leggere e catturare la loro attenzione, così loro erano presenti e sempre più numerosi. Poi i bambini erano cresciuti e le letture si erano fatte impegnative, Ginevra prestava i suoi libri e sempre più spesso erano loro a leggerli a lei, perché la sua vista era peggiorata. Si era ormai creata una sorta di società della buona lettura: si scambiavano libri e commenti, mentre si sorseggiavano calde tazze di tè o caffè in inverno e bibite fresche in estate.

A volte i ragazzi riuscivano a trascinarla al cinema; non che non le piacesse un bel film, erano le multisale che la infastidivano con le loro non-selezioni-logore (come le chiamava lei) l'impossibilità di rimanere in sala a vedere la stessa pellicola una seconda volta.

Grazie a Ginevra i ragazzi avevano imparato a conoscere Pasolini, Fellini, Rossellini, Capra e ad apprendere il gusto di una visione critica. Un giorno, arrivata alla panchina, la trovò occupata da un uomo.

Indossava un impermeabile lercio e sdrucito, emanava un odore che lo circondava come specie di spesso muro, sedeva composto, le unghie delle dita listate a lutto e quell'età indefinibile tra i trentacinque e i sessantacinque anni, somma dell'età anagrafica e del surplus che una vita di strada regala. Lo sconosciuto leggeva con interesse Il Sole 24 Ore.

- Buongiorno Signora, si accomodi - la invitò con un sorriso. Ginevra, per non apparire sgarbata, respirò a fondo sedendosi in semi apnea; prelevò dalla borsa il suo libro e mentre stava per aprirlo l'uomo, dopo aver sbirciato la copertina, le disse:

- I personaggi di Anne Tyler viaggiano lì, ad un metro dalla realtà, prigionieri della loro inadeguatezza a interagire con essa. Non ne conviene?

Lei rimase lì, attonita, incapace di afferrare la complessità di quel soggetto e quando finalmente gli stava per rispondere, lui ripiegò con cura il giornale, le rivolse un sorriso e si alzò.

- Le auguro una piacevole lettura. La salutò e sparì.

Quando i ragazzi arrivarono, Ginevra raccontò del particolare incontro e domandò se avessero mai incrociato l'anomalo lettore di economia e finanza.

Nessuno l'aveva mai incontrato. Lessero brani di un libro e la discussione si protrasse fino a sera tarda, spostandosi nella cucina di Ginevra davanti a un piatto di pasta e a un bicchiere di rosso. Citando i romanzi della Tyler, qualcuno ricordò come la figura di un estraneo al nucleo familiare protagonista fosse strategica a riportare vitalità in assetti dal fragile equilibrio, basati unicamente su una meticolosa routine quotidiana, fuori della quale i rapporti interpersonali risultavano inconsistenti. Ginevra menzionò allora la definizione dell'uomo della panchina riguardo i personaggi della scrittrice statunitense: vincolati e allo stesso tempo estranei a una realtà con la quale non sapevano interagire.

Tutti la trovarono splendida. Nei giorni seguenti, Ginevra era tornata spesso al parco, con la speranza di incontrarlo nuovamente e il desiderio di domandare, di capire, ma di lui nessuna traccia. Quando ormai si era rassegnata all'idea che quell'incontro fosse stato unico, l'uomo si materializzò nuovamente. - Buongiorno - lo salutò Ginevra con un sorriso. Lui pareva assorto, lo sguardo rivolto ad un infinito molto lontano o troppo intimo, poi si voltò e quando finalmente la vide le rivolse un sorriso mesto. Pur non volendo apparire invadente, ma decisa comunque a non perdere l'occasione, attaccò discorso.

- Ho pensato a quel che ha detto su Anne Tyler e, sì, ne convengo. - Quindi tendendogli la mano:

- Il mio nome è Ginevra.

Lo sconosciuto la guardò con occhi bigi, ora più sornioni che mesti.

- Il mio è, o meglio è stato, e per Lei torna a essere, Sergio. I nomi servono a essere chiamati. Il mio era da tempo in pensione.

Le strinse la mano. Seguì un silenzio imbarazzato reciproco, come se la semplice presentazione li avesse svuotati di ogni energia. Sedettero per un po' quasi a disagio, fingendosi affaccendati nelle rispettive attività:

Ginevra leggeva, Sergio riempiva con scrittura elegante un pizzino. Ogni tanto si scoprivano a spiarsi di sottecchi e sorridevano. Poi lui si alzò.

- E' stato un vero piacere ritrovarLa, Signora Ginevra. A presto!

- Il piacere è stato mio, Signor Sergio. Le dirò che ci speravo, non sparisca a lungo!

Quando se ne fu andato, lei notò che il foglietto su cui stava scrivendo era piegato sulla panchina. Sopra: per Ginevra. Lo aprì e vi trovò questi versi:

Io fui. Ma quel che fui più non ricordo:
polvere a strati, veli mi camuffano
questi quaranta volti diseguali,
logorati da tempo e mareggiate.

Io sono. E quel che sono è così poco:
rana fuor dello stagno che saltò,
e nel salto, alto quanto più si può,
l'aria di un altro mondo la schiattò.

C'è da vedere, se c'è, quel che sarò:
un viso ricomposto innanzi fine,
un canto di batraci, pure roco,
una vita che scorre bene o male.

J.Saramago

I suoi occhi si velarono di lacrime: rivedere Sergio era divenuta una priorità. Al terzo incontro Ginevra comprese che una barriera si era infranta e il desiderio di comunione era reciproco. Sergio indossava abiti sdruciti ma puliti e si era lavato. La stava chiaramente attendendo e come la vide la salutò alzandosi dalla panchina e tendendole la mano; lei ricambiò il sorriso e si sedette accanto.

- Voglio raccontarLe di me, Sergio, perché mi piacerebbe che mi raccontasse di Lei.
- Sospettavo che saremmo arrivati a queste domande e ora che sto imparando a conoscerLa, sapevo anche che mi avrebbe offerto la Sua storia come pegno per poter arrivare a me - ribatté ridendo sonoramente - ma ritengo che Lei sia la persona giusta da cui ripartire.

Ho deciso di rompere il mio isolamento.

Parole senza musica
musica senza parole
parola di silenzio
silenzio senza parola.
E poi
niente, davvero
più
niente

Conosce Solitudine di Edmond Jabés? Questo sono diventato: niente.

Ginevra raccontò di essere la secondogenita di tre fratelli, del suo legame speciale con Giovanni, il fratello maggiore, del suo rapporto quasi materno con Tosca, la sorella più giovane, arrivata nove anni dopo lei, del suo essere ragazza sfollata in tempo di guerra dagli zii in campagna, delle discese in cantina usata come rifugio al suono dell'allarme, della fame, della fine della guerra, della ripresa della speranza. Dell'incontro con Silvano, suo marito; non una passione, non un grande amore, ma un compagno sincero e affettuoso, che l'aveva sempre rispettata, con il quale avevano condiviso interessi e letture. Figli non ne erano arrivati e questo fatto, vissuto con dolore soprattutto da Silvano, non li aveva tuttavia divisi, ma uniti ancora più profondamente.

Si rammaricava che lui non fosse vissuto abbastanza da condividere con lei il rapporto che si era creato con i ragazzi del rione. Sergio la lasciò raccontare senza mai interromperla, poi fece molte domande su come si fosse creato il rapporto con i ragazzi, che età avessero ora, su come fosse potuto crescere nel tempo questo legame, anche quando i ragazzi, adolescenti, avrebbero potuto perdere il contatto con lei.

Fu proprio allora che arrivarono e Ginevra fece le presentazioni. A quel punto Sergio si levò rivolgendosi a lei:

- Si è fatto tardi. Vi lascio, ma ho promesso, non tema, avrà ciò che mi ha chiesto. Ginevra gli prese una mano e vi posò una busta chiusa.

- In conclusione, voglio fare anch'io come Lei, Sergio. Questo è ciò che sono ora. A presto, spero.

Il pomeriggio successivo giunse alla panchina trafelata: aveva così atteso quel momento che quasi le toglieva il fiato. Sergio la salutò con il solito rispettoso sorriso e sedette accanto a lei .

- Sono stato l'unico figlio di una famiglia senza radici. Mi spiego meglio. Durante la mia infanzia ci siamo trasferiti in continuazione, mio padre cambiava sede di lavoro spesso e, nonostante continuassimo a seguirlo, era un continuo gioco a rincorrersi: lui dietro alla sua ambizione, noi dietro a lui, ma per la maggior parte del tempo vivevamo lontani. Mia madre non ha saputo costruire, in nessuno di quei mille posti, legami degni di questo nome e alla fine probabilmente non le interessava nemmeno più. Così si è legata morbosamente a me. Tuttavia non era un amore da madre chioccia, ero suo complice, la maschera dietro alla quale nascondersi per affrontare il mondo. Lei era bella e si serviva di me, come di uno scudo nei confronti di un universo maschile sempre pronto all'assedio vista la nostra vita solitaria. Io l'accompagnavo al cinema o a prendere il gelato, ma non vedevamo spettacoli adatti alla mia età, semplicemente quando voleva vedere un film mi trascinava con lei. Questo padre assente era una figura mitologica, un Ulisse; un po' ne subivo il fascino, un po' lo odiavo, perché quando finalmente tornava scombinava i nostri equilibri. Loro si lasciavano travolgere nuovamente dall'insaziabile sete l'uno dell'altro ed io venivo escluso. Quando più tardi comprese di non poter avere ulteriori ambizioni ci fermammo. In tutti i sensi. Scemarono tutti gli interessi, il loro reciproco, che evidentemente si nutriva della lontananza, e il loro per me.

Ma nel frattempo avevano fatto di me un essere solitario, senza amicizie e inadatto a fabbricarsene.

Sentendomi diverso dai miei coetanei ho iniziato a leggere e i miei mi incoraggiavano. Non riuscivano a vedere nulla di sbagliato nel mio isolamento.

Andavo a scuola e riuscivo a partecipare solo marginalmente ai giochi degli altri, avevo uno o due amici ma erano sempre loro a prendere l'iniziativa.

Con le ragazze poi un incubo: mi innamoravo perdutamente di quella che prendeva il mio stesso bus, della compagna di scuola di un'altra sezione, della sorella del mio compagno di classe, ma frustravo ogni mio piano di approccio. Seguì l'università e poi il lavoro. Conobbi una donna, Elisa, che si innamorò di me e seppe intuire la chiave per farmi trovare il coraggio di dichiararle il mio amore. Mi sembrò di entrare in sintonia col mondo o forse lei sapeva farmi da tramite, furono anni felici. Avrebbe voluto dei figli ma io non mi sentii all'altezza, temevo di non essere in grado, di moltiplicare il disagio avuto in eredità, di generare altra inadeguatezza.

Il nostro rapporto si arenò. Il lavoro era fatto della solita sconsolante routine, un capo ottuso, arrogante, che sviliva ogni iniziativa. Nemmeno la lettura parve più regalarmi il piacere consolatorio che mi aveva sempre sostenuto. Così mi trasformai in una sorta di Bartleby lo scrivano e di preferirei-di-no in preferirei-di-no sono giunto qui, ora. Le biblioteche sono luoghi caldi in inverno, freschi in estate, il loro silenzio accogliente mi ha ridonato il conforto della lettura.

L'isolamento della mia condizione mi pesa, ma in fondo mi sentivo un'isola anche quando vivevo secondo le regole del cosiddetto vivere civile. - si volse verso di lei - Delusa? Si attendeva il racconto di una rovina incolpevole? Di un fallimento amoroso o economico da tempi di crisi? Ginevra lo guardò con occhi severi.

- Ho raccolto il racconto di una vita in cui sono state fatte delle scelte personali che hanno comportato conseguenze pesantissime per chi le ha prese. Cosa dovrebbe indurmi a considerarmi delusa? Sergio allora si rilassò e le sorrise.

- Sapevo di aver trovato la confidente giusta.

- Bene, Sergio. Sarei lieta di invitarLa a far parte del nostro circolo di lettura. I ragazzi ormai li conosce; questa sera ci troviamo a casa mia per cena. Sarà mio ospite. Non credo il suo carnet preveda altri impegni inderogabili, quindi La prego: sia dei nostri.

- Sicuro che la cosa sia gradita ai suoi ospiti? - domandò perplesso.

- A casa mia tutti sono ospiti, graditi, ma ospiti, ed anche Lei Sergio; e questo è quanto.

Lui scoppiò in una sonora risata

- Allora sarà un piacere - e si incamminarono verso casa di Ginevra. Quando i ragazzi arrivarono ci fu un iniziale disagio generale, timide parole scambiate, sguardi di sottecchi, come se il Sergio sulla panchina fosse in qualche modo compatibile, ma quello in una casa nota non lo fosse affatto.

In seguito, conclusasi la cena che era riuscita solo in parte a sciogliere le tensioni, Filippo, da sempre il più intraprendente dei ragazzi, seguì Ginevra in cucina col pretesto di preparare il caffè.

- Ginevra, sai quanto ti amiamo e quanto teniamo a te. Sei sicura di questa persona, di quali siano i suoi intenti, quale sia il motivo per cui ha deciso di avvicinarsi a noi, ma soprattutto a te?

- Mi stai forse dicendo che pensate che non sia più responsabile per me stessa?

Lo stava guardando negli occhi, mentre aveva poggiato la mano su quella del ragazzo

- Che non possieda più un metro di giudizio, che il mio spirito si sia fiaccato al punto di non volermi bene a sufficienza?

Filippo, imbarazzato, ritrasse la mano e negò decisamente.

- Un tempo ho aperto il cuore a voi. Certo, eravate bambini e avevo poco da temere, ma credo che gli anni mi abbiano insegnato soprattutto questo: leggere negli occhi della gente. E poi ci siete voi con me, quelli che ho visto crescere ma non quelli di stasera, accecati dal pregiudizio. Usate tutti i vostri sensi, non sedetevi su voi stessi. E ora vieni, torniamo dagli altri. Rientrando in soggiorno esclamò:

- Questa sera poesia! Iniziamo da questa:

Piaceri
Il primo sguardo dalla finestra al mattino
il vecchio libro ritrovato
volti entusiasti
neve, il mutare delle stagioni
il giornale
il cane
la dialettica
fare la doccia, nuotare
musica antica
scarpe comode
capire
musica moderna
scrivere, piantare
viaggiare
cantare
*essere gentili.**

* (Bertold Brecht)

Paura di volare

C'era una volta un paguro, per semplicità lo chiameremo Bernardo, che voleva imparare a volare e quella volta c'era anche un Delfino, Nino, che diventò amico di Bernardo; quella stessa volta - ve lo giuro- c'era anche una donna, Elisa, che di professione scriveva e illustrava fiabe per bambini, e pensava che il suo destino fosse di rimanere sola e c'era pure -lo so, un po' esagero - anche un uomo, Giulio, che si riteneva inadatto all'amore, ma solo, non voleva rimanere.

Ora, vista così non pare una storia, forse possono essere quattro o infinite storie, ma abbiate fiducia, ve ne racconterò una sola.

Il paguro Bernardo viveva nella sua conchiglia nel blu sconfinato del mare, ma che ci volete fare: se l'erba del vicino è sempre più verde, anche il blu del vicino non fa difetto. Così Bernardo, un giorno era salito in superficie e si era innamorato del blu del cielo, con quelle nuvole che sembravano bambagia, e proprio mentre stava lì a rimirare la volta celeste saltò di fianco a lui un delfino e Bernardo capì cosa voleva fare nella sua vita: voleva volare. Quindi al secondo salto del delfino gli urlò «Ehi tu come ti chiami?» il delfino si voltò, gli sorrise amichevole, come solo i delfini sanno fare, e gli

73

disse «Mi chiamo Nino, e tu?». Il paguro si presentò e domandò «E' difficile volare?» Nino ridendo gli disse che lui non volava, saltava, e che ci volevano due ali per volare, ma che se avesse voluto provare a saltare non aveva che da accomodarsi in groppa a lui.

Bernardo trascorse quella che avrebbe definito "la giornata più felice della mia vita". L'amicizia tra paguro e delfino andò consolidandosi nel tempo, e Bernardo confidò a Nino che stava attrezzandosi per il volo ma il delfino non seppe mai a cosa si riferisse il paguro poiché venne una forte mareggiata con una tromba d'aria e del paguro si perse ogni traccia.

E gli umani, direte voi, che c'entrano?

Giulio dopo alcune relazioni lunghe, aveva stabilito che era incapace di impegnarsi in un rapporto stabile, si sentiva portato solo al gioco della seduzione, ma poiché non voleva ferire nessuno andava spiegando alle "seducende" il suo status di mero seduttore.

Ora voi capirete che la dichiarazione d'intenti non è che un'ulteriore esca nella trappola della seduzione.

Il seduttore capace, non è un puro e semplice collezionista di cimeli, ha arte nel suo trastullo e, pur esplicitando l'intento del disimpegno sentimentale, dimostra un tal fervore nel gioco delle parti che la "preda" ritiene di poter essere l'unica in grado di farlo capitolare a un legame più stabile. Elisa aveva scherzato con l'amore da ragazza, com'è giusto, aveva sperimentato, aveva cercato di capire cosa le piacesse e cosa la facesse stare bene, aveva preso con gusto e imparato a offrire quel che desiderava il partner. Poi si era innamorata, aveva perso metri e misure, si era consegnata a un uomo, e forse di tutti il più sbagliato. Quando aveva scoperto di essere rimasta incinta gli aveva offerto il suo segreto come un dono da condividere, come era giusto che fosse, e l'uomo si era dileguato. Dopo i dubbi su che fare di sé e di quelle cellule che esponenzialmente si dividevano per formare una vita, incuranti del suo dolore, decise allora di dare alle cellule una chance, fece del suo grembo un tempio e della sua giovane vita, quella di un'asceta: si inventò madre, e come madre crebbe insieme al bimbo che subito sentì di essere approdato in un porto sicuro.

Erano sei anni ormai che viveva sola con il suo bambino quando incontrò Giulio che iniziò il suo assedio garbato. Lui, quella volta comprese che Elisa era più fragile e al contempo più coriacea delle altre donne che corteggiava, non seguiva le regole delle schermaglie amorose, si era estraniata dal gioco da così tanto tempo, da non subirne, almeno apparentemente, alcuna fascinazione. Si occupava di suo figlio per il quale era praticamente l'unico punto di riferimento, amava il suo lavoro, aveva un cerchio di amici fidati che le stavano vicino quando aveva bisogno di aiuto, non vedeva altro che un essere umano in lui, un possibile amico, un essere asessuato. Questo lo spiazzava, però al contempo trovava sempre più piacevole la sua compagnia.

Un sabato pomeriggio di fine inverno, mentre suo

figlio era dai nonni, la portò al mare a passeggiare e mentre erano sulla battigia trovò due frammenti di conchiglia che parevano forgiati come ali e glieli donò

«Potresti scriverci una favola»

Fu quel giorno che la baciò per la prima volta, entrambi rimasero turbati da quel bacio ormai inatteso. Elisa eresse palizzate ancora più alte al suo fortino, per qualche giorno non rispose al telefono e ai messaggi. Lui scoprì che la necessità di non ferirla aveva il sopravvento perfino sul desiderio di lei, e le lasciò il tempo di decidere la prossima mossa. Da lei, ormai da settimane, arrivavano solo impersonali messaggi di saluto, ma il fatto che quelli ci fossero gli faceva capire che non voleva lasciare andare il filo che li univa. Poi una sera Giulio ricevette un messaggio

"Sto consegnando un lavoro vicino a casa tua, posso passare a salutari?"

"Ti aspetto"

Dopo circa un'ora Elisa era davanti al suo portone e gli consegnò un pacchetto

«Ho mantenuto la promessa, questa è per te»

Giulio aprì l'involto e trovò le tavole di una favola illustrata: nella prima un piccolo paguro, che per semplicità chiameremo Bernardo, saltava in groppa ad un Delfino che lei aveva chiamato Nino; nella seconda Bernardo, che voleva imparare a volare, si era costruito delle ali di conchiglia. Le tavole erano bellissime:

«Sono davvero per me?»

«Sicuro, vorrei ricominciare a volare, non voglio due ali da te, vorrei che provassi a volare con me, fino a dove potremo arrivare, non oltre; un piccolo volo esplorativo, una semplice ricognizione, ci fermeremo prima di farci male, spero».

Il sesso fu impetuoso e poi tenero, non si pentirono quella notte, avevano fame e sete, sapevano cosa cercavano, volevano conoscersi. In una tregua dell'amore lui le disse:

«Raccontami una storia»

«No, farò quello che so fare meglio: te la disegnerò »

Prese dalla sua cartella da lavoro dei pennelli e dei colori lo fece stendere sul tappeto della camera e cominciò a disegnare sulla schiena di lui due ali di conchiglia e al suo orecchio sussurrò

«La favola si chiama Paura di volare, che faccio, inizio a scrivere?».

Giulio sorrise, il pennino si posò sulla sua pelle nuovamente eccitata.

Scatole cinesi

Sdraiata sul prato all'ombra del grande albero i cui rami ondeggiavano cullati dalla brezza estiva, aveva abbandonato la lettura; teneva gli occhi socchiusi e, quando li apriva, da un lato vedeva le nuvole che giocavano a creare sempre nuove forme in cielo; dall'altro la punta della matita in mano all'uomo che si muoveva sul cartoncino a creare nuove immagini. Quelle con cui generava dal nulla mondi nuovi ; una capacità che lei gli invidiava. Nel cartoncino il vecchio sedeva su una spiaggia, i piedi bagnati dalle onde e il suo corpo, nudo, curvato dagli anni e dal peso della vita, indicava il cielo.

Poi chiuse gli occhi e, nel sogno, il vecchio del cartoncino stava chiamando a gesti qualcuno dietro di lei.

Si voltò, ma dietro c'erano solo alte scogliere, così seppe che il vecchio chiamava lei. Percorse il viottolo che portava in riva al mare, il vecchio non provava alcun imbarazzo a stare nudo mentre lei si avvicinava.

La sua pelle aveva il colore e la consistenza del cuoio per il sole e per gli anni, la sua bocca era muta, il naso, adunco, era una sfida al mondo.

Quando la donna lo raggiunse il vecchio muto levò la mano al cielo, lei quindi lo osservò. In quel momento una grande nuvola bianca sembrava un vecchio curvo con un braccio alzato ad indicare l'immensità del cielo.

Una mosca, posatasi sul suo viso, destò la donna dal sogno. L'uomo accanto a lei aveva smesso di disegnare.

Il cielo era sgombro di nubi.

I cavalieri

Eravamo alla vigilia dell'annuale appuntamento con la gara di ittiodressage, quell'anno era particolarmente prestigioso: l'evento era alla cinquantesima edizione.

I cavalieri si erano preparati per mesi e mesi: disciplina, allenamento, eleganza, ritmo, sincronia, armonia, concentrazione, nulla lasciato al caso. La tensione era alle stelle e i fantini a volte erano duri con le loro cavalcature. Tutti, tranne lei, la mitica Erminiette de Restel, che aveva dedicato l'intera esistenza alla fauna marina, dopo essere stata salvata dall'annegamento in tenera età da un tonno che l'aveva riportata verso riva in groppa, sacrificando la sua stessa vita.

Da sempre educava il suo favorito (un salmone dorato) con una tecnica tutta personale: gli permetteva lunghe cavalcate notturne e gli sussurrava complimenti entusiasti a ogni nuovo progresso di stile, vivendo quasi in simbiosi con lui, al motto: "Alza le parole, non la tua voce. E' la pioggia che cresce i fiori, non il tuono*".

Durante le esibizioni ne faceva il protagonista assoluto, riservando a se stessa un ruolo del tutto marginale, certa che gli applausi della folla e il legame d'intesa raggiunto tra amazzone e cavalcatura fossero il fulcro delle loro conquiste. La verità era che Erminiette aveva notato che il salmone dorato, (a cui aveva dato nome Gilles Frétillement), muoveva a tratti le branchie freneticamente durante il riposo e lei da ciò aveva compreso che la creatura, apparentemente senza alcun tipo di problema, faceva in realtà sogni cupi ed e agitati: l'acqua su di lui pareva assumere una consistenza oleosa che lo angosciava. Aveva così iniziato a mettere i piedi a mollo nell'acqua in cui dimorava Gilles, quando le sembrava che il suo piccolo cuore cedesse all'angoscia e gli leggeva versi:

"Nel silenzio, come nel sonno, vivere, amare, morire fuori dal mondo"**.

Da allora il salmone riposò tranquillo e la loro intesa crebbe nel tempo.

La mattina della gara l'arena davanti al braccio di mare in cui si sarebbe tenuta la sfida già andava riempiendosi, le manifestazioni di contorno all'appuntamento principale stavano per concludersi: le evoluzioni dei voli delle conchiglie, il sensazionale spettacolo della domatrice di squali, le gare di corsa veloce con ippocampo, quelle di velocità per triglie volanti, quelle di traino delle cernie. Qualcuno aveva dormito in loco per accaparrarsi le posizioni più panoramiche, qualcuno aveva preso ferie e campeggiava lì da almeno una settimana, qualcuno aveva escogitato fantasiose soluzioni di fortuna pur di assistere da posizione favorevole.

Le cavalcature vennero bardate, cavalieri e amazzoni indossarono le loro tube e gli eleganti abiti da gara. Le coppie finalmente si immersero e lo spettacolo ebbe inizio, il livello di preparazione atletica, la complessità degli esercizi erano ai massimi livelli. La posta in palio era alta: il titolo mondiale. Si esibirono Attilio Salzani in sella a Costanza, la sua ombrina, campioni uscenti della precedente edizione. Percorso netto, senza esitazioni. Subito si comprese che il gioco si era fatto duro.

Seguirono Angela Bonifazi Sterzi su Renegade, un tonnetto giovane ed impetuoso, l'inesperienza della cavalcatura costò una minima esitazione al terzo ostacolo.

Poi Erminiette e Gilles vennero chiamati alla partenza. L'intesa fu chiara fin dalla prima evoluzione; partirono con gli esercizi più tecnici e complessi, mentre la tesa partecipazione del pubblico era evidenziata da un silenzio straordinario, data la quantità dei convenuti. Un percorso impeccabile fino al penultimo ostacolo, quando Erminiette smontò si tolse la tuba, chinò il capo a ringraziare il pubblico, abbracciò il suo salmone ridendo felice e gli occhi del pesce dorato ricambiarono. Ora tutti giurano che fu amore quello che lessero sui loro volti quando scomparvero tra le onde.

Nessuno seppe più nulla di loro.

*Rumi da Deborah Ellis. La trilogia del Burqua traduzione Claudia Manzolelli. BUR

** E. Jabes Poesie per giorni di pioggia e di sole ed altri scritti. a cura di Chiara Agostini. Manni

Teresa e Ignazio

L'ho trovata tra i sacchi destinati alla discarica, strappata e sgualcita, era lì e aveva anche preso la pioggia.

Una foto come un raggio di sole non poteva essere gettata così, come se le esistenze che vi erano raffigurate non avessero più diritto d'asilo in questo mondo. Così l'ho raccolta e ridistesa, l'ho messa ad asciugare, e ora ve li racconto per donare a loro la piena luce di quel mattino di aprile in cui la foto venne scattata.

Festeggiavamo quel giorno il loro cinquantacinquesimo anniversario. Teresa e Ignazio hanno diviso una vita; tutta la vita: la fame da bambini, sorella della guerra, figlia di tutte le differenze sociali; il lavoro duro dei campi; un solo figlio ("altri il Signore non ha fatto la grazia di mandarci" diceva sempre, sospirando, Teresa), tre nipoti. Non lo potremmo definire un matrimonio di passione, ma di amore e rispetto sì, dal primo all'ultimo giorno. Si erano conosciuti che lui aveva dodici anni e lei sette, i genitori di Ignazio avevano un po' di terra dove seminavano seguendo le lune e le stagioni e coltivavano viti e ulivi. Il padre di Teresa giunse a lavorare da mezzadro sulle terre in fianco ai campi della famiglia di lui proprio quell'anno. Lui già aiutava il padre in campagna e lei veniva inviata dalla madre all'ora di pranzo a portare il desinare agli uomini di casa e quando i due gruppi di braccianti lavoravano le terre di confine, erano soliti dividere il pasto e le fiasche di vino. Nessuno pareva accorgersi della bimba che sotto il sole cocente del mezzodì portava i grossi e pesanti panieri, tranne Ignazio che la ringraziava sempre e le sorrideva. Teresa prese a guardarlo con riconoscenza e a ricambiare il sorriso, poi si fece ragazza e i loro sguardi assunsero altri significati, finirono col fidanzarsi in casa che lei aveva sedici anni e lui ventuno, terminata la leva, ché per fortuna non era più tempo di guerra.

Ignazio era un grande lavoratore, un uomo di poche parole e di nessun gesto affettuoso, ma erano altri tempi e non era l'unico a risparmiare sui sentimenti tra coloro che portavano i calzoni; tuttavia per ogni decisione chiedeva l'approvazione di Teresa; non aveva studiato ma amava l'opera e l'unico sfizio che volle togliersi in vita sua, dopo aver chiesto a lei, che teneva i conti di casa al centesimo, fu il giradischi, nel 1967.

Da allora una volta ogni sei mesi, si recò con la corriera in città, al negozio di dischi "Il Musichiere", per comprarsi un 33 giri di arie d'opera che poi ascoltava rapito la sera dopo il lavoro, mentre lei lo rimirava dalla cucina, sorridendo sorniona mentre sbucciava i piselli, poi nei campi fischiava le romanze; lo conoscevano tutti per quanto era bravo a seguire le melodie zufolando sempre intonato come un usignolo. Teresa lui la definiva "la Comandanta" e anche se quella donna mite non aveva mai alzato la voce nella sua intera esistenza, lui si sentiva guidato dalla sua presenza, dalla sua partecipazione, dalle sue attenzioni. Era il metronomo della sua vita. Poi il loro unico figlio Francesco era morto a poco più di quarant'anni in un incidente nella città del nord dove era andato studiare (con i soldi racimolati dalla madre con grandi sacrifici e capacità amministrative, ignote agli economisti di oggi) , aveva trovato lavoro, si era sposato e li aveva resi nonni, di quei nipoti tanto amati che sostanzialmente vedevano solo d'estate e per Natale. Dopo quella tragedia Ignazio aveva riposto in cantina il vecchio giradischi e tutti i vinili e sigillato le vecchie labbra già parche di parole; Teresa dopo aver consumato le lacrime, gli aveva detto: «Ignazio mio, siamo di nuovo noi soli, come da ragazzini, io devo sopravvivere a Francesco, perché il Signore non fa la grazia di prendere anche me, ma morirò del tuo silenzio».

Nel silenzio lui iniziò a smarrirsi e lei chiese in giro un aiuto per qualche ora: fu così che mi conobbero.

Cominciai a frequentare la loro casa due ore a settimana, aiutandola a lavare il marito, andando a stirare, a sbrigare le commissioni; subito instaurammo un rapporto speciale, affettuoso. Un giorno mentre rifacevo i letti, mi misi a cantare un vecchio canto delle mie terre e quando smisi, Ignazio, che non parlava più da mesi, disse: «Ancora, ancora!» e si mise a zufolare l'aria; Teresa lo baciò sulla fronte e mi abbracciò: «Figlia mia, sei la salvezza». Col tempo raccontai loro della notte in cui erano venuti a casa e si erano portati via Babatunde.

Avevo atteso per mesi il mio giovane sposo, mentre in me cresceva la vita, speranza per un futuro migliore, ma non aveva più fatto ritorno. Così avevo chiamato il frutto del nostro amore col nome del mio compagno e mi ero detta che avrei fatto qualsiasi cosa per dargli ciò che suo padre non avrebbe più potuto dargli: un futuro libero e dignitoso. Appena il piccolo fu svezzato, iniziai il nostro viaggio, ma del "Viaggio" non vi parlerò, perché questa è un'altra storia, e il cuore non ha parole per raccontarla; vi dirò solo che una mattina Teresa mi disse che lei e Ignazio avevano deciso che la loro casa sarebbe stata anche la casa mia e del mio piccolo.

Dopo qualche settimana giunse dal nord la vedova di Francesco per portare i nipoti in visita dai nonni. Quando se ne andarono Teresa mi disse: «Non è mai venuta da allora, nemmeno quando le dissi che Ignazio stava morendo di crepacuore, ora che le comari del paese hanno fatto arrivare fino al nord la chiacchiera che vi avevamo in casa è subito corsa, temendo di perdere l'eredità. Le ho detto che finché saremo in vita disponiamo di noi stessi come meglio crediamo, poi i nipoti avranno ciò che spetta loro». Sono passati gli anni. Un pomeriggio Babatunde faceva i compiti con le arie d'opera in sottofondo in cucina, Ignazio zufolava seduto sulla sua poltrona e Teresa come sempre era nell'orto; la luce stava scemando quando capii che era fuori da troppo tempo. La trovai riversa tra i filari dei piselli, le pulii la terra dal volto, il respiro era muto ma stava sorridendo. Per il funerale vennero i parenti dal nord, questa volta nulla fu in grado di ridare la parola a Ignazio. La nuora decise che sarebbe stato meglio in un ospizio, il parroco mi ha aiutato a trovare un altro lavoro. Oggi sono venuti a svuotare la casa; dagli oggetti destinati alla discarica io ho preso la foto, Babatunde il giradischi e le arie d'opera.

Ignazio e Teresa saranno sempre con noi.

Al lago

Non so da dove mi sia venuta quest'idea della pesca al lago, cercavo solo qualcosa di nuovo da condividere con mio figlio, che ormai ha dieci anni e troppo presto avrà una vita completamente indipendente; cercavo un modo di catturare la sua attenzione, tempo da ritagliare per noi due in uno spazio neutro, qualcosa che potesse generare la bava di un ricordo comune da riassaporare nel tempo, riavvolgendo un mulinello. Un'idea di cose da uomini molto fuori moda, politicamente scorretta ma concreta. Noi due, il lago, le esche da pescare nel barattolo, gli ami, le canne e il silenzio, rotto giusto dai rumori del bosco e dai nostri brevi scambi di parole sottovoce, per non spaventare i pesci. Movimenti meccanici, ritmi lenti, sguardi d'intesa: nulla di più desiderabile di un sabato condiviso così, con quel mio vecchio hobby di ragazzo appreso da mio zio.

All'inizio mio figlio pareva entusiasta di questa proposta così diversa: quell'entusiasmo bambino fatto di gridolini e saltelli. Ma la partenza delle attività domestiche del sabato è lenta, ci sono routine da cui sembra non si possa prescindere: la madre pretende che faccia la doccia, che ieri sera lui aveva rimandato a questa mattina, mio figlio invece rivendica il diritto di immergersi subito nella nuova avventura.

Per questione di principio, mia moglie non ha saputo cedere riguardo alla promessa che lui aveva fatto, anche se sarebbe stato più logico protrarre l'impegno al rientro dalla giornata in mezzo al bosco. Le rimostranze si sono protratte oltre misura. Così, per rimanere neutrale più della Svizzera, mi sono allontanato per piccole ma indispensabili commissioni che avevo rinviato per tutta la settimana, pensando in tutta onestà di demandarle a mia moglie con il pretesto della gita al lago.

Alla fine mio figlio ha ceduto. Fatta la doccia, è seguito il tempo della pace e mentre loro firmavano l'armistizio e io riponevo gli acquisti si è fatta l'ora di pranzo, distogliendoci completamente dall'idea della pesca al lago; o almeno così ci è parso per un momento, perché nella mia mente l'immagine di noi due seduti ai margini del bosco con la canna in mano è tornata a fare capolino nell'ora pigra del dopo pranzo, quando il torpore stava per avere la meglio su di me, steso sul divano con un libro in mano e mio figlio si era già riattaccato alla televisione, desideroso di succhiare una nuova puntata della serie che va per la maggiore tra i suoi coetanei.

Proprio in quel momento ho capito. Ho capito che non potevo permettere che il nostro momento si perdesse nel grigiore di un sabato pomeriggio come tanti, soccombendo all'inerzia con una resa incondizionata, permettendo che tutto ci scivolasse addosso, ci sfuggisse di mano. Dovevamo cesellare il tempo, allora mi sono alzato di colpo dal divano

- Andiamo!

- Dove?

chiede mio figlio, sbalordito dalla decisione repentina sulla proposta che pareva cassata per sempre.

- A pescare, dove dovremmo già essere.

Mi guarda stranito.

- Ma no, ora c'è la puntata della mia serie!

Prendo i suoi stivali da pioggia e le mie scarpe dalla suola robusta, ancora col fango incrostato di una precedente gita, con una risolutezza che non mi riconoscevo da tempo.

- La registriamo e la vedi domani.

Spengo la televisione e partiamo, tra le sue rimostranze sulla puntata persa e sulla cattiveria da me dimostrata. Durante il tragitto pensavo di intavolare quei discorsi fondamentali tra padre e figlio, tipo l'importanza di rendersi autonomi sapendo di poter contare comunque sulla presenza rassicurante dei genitori o qualche basilare di educazione sessuale. Dopo aver attraversato tutto il bosco alle nostre spalle, il lago è ai piedi di un pendio erboso; quel tratto di vegetazione fitta con rovi ai lati

95

del tratturo è un po' tetro e vagamente sinistro ma so, fin da ragazzo, che quella è la parte dove i pesci abboccano più facilmente, perché lì l'acqua è più profonda. Di fronte la sponda occidentale, quindi godremo dello spettacolo del tramonto. Finalmente lanciamo le lenze e dopo qualche minuto di silenzio mio figlio inizia:

- E se non peschiamo niente?

- Mai capitato. Ci vuole pazienza, ma qualcosa si finisce sempre col prendere.

- Sì ma se proprio non abboccano. Pensa, un sacco di ore qui, in riva al lago e ce ne torniamo a casa a mani vuote. Siamo qui da un'eternità.

L'impazienza dei bambini ha sempre qualcosa di snervante per me, ero stato così anch'io?

- Siamo qui da poco più di un quarto d'ora e già ti lamenti.

- Ma se siamo partiti alle tre!

- Alle tre siamo partiti da casa, abbiamo viaggiato in auto, attraversato il bosco, ma stiamo pescando da poco meno di venti minuti. La pesca richiede pazienza, i pesci sentono il tuo nervosismo e non abboccano. Fidati, conosco il lago e so come si pesca e questo è un posto favorevole.

Cerco quindi di intavolare un discorso, sarebbe bello uscirsene con qualche frase che poi avremmo ricordato, che lui avrebbe ricordato. Tuttavia si finisce col disquisire dell'esistenza di Babbo Natale, mio figlio dice che lui sa già che non esiste, che l'ultimo Natale ha fatto ancora finta di crederci, ma ora vuole sentirselo dire da me. Per la prima volta cerco di parlare con lui come si parla con un adulto; negare a quel punto l'evidenza significherebbe non trattarlo con il dovuto rispetto, mantenendo il tono più neutro possibile gli dico quindi che effettivamente è un'invenzione degli adulti per rendere più magico il Natale dei bambini.

- Batti il cinque, lo sapevo! E che tu me lo abbia detto così, come si parla tra grandi, è una cosa bellissima che ricorderò per sempre.

Era finalmente arrivato il motivo per cui eravamo giunti fino a lì quel sabato pomeriggio vincendo la pigrizia: avevamo costruito un ricordo comune.

La cesta era vuota e avremmo potuto tornarcene a casa, tuttavia restava ancora luce, il sole si chinava all'orizzonte senza mollare. Rimaniamo lì, disquisendo di serie TV ed eroi dei cartoni. Lui mi racconta di stirpi di eroi a me sconosciuti, completamente preso dalla narrazione, dimentico del tempo, preso solo dal piacere di poter manifestare le sue competenze in una materia in cui sa molto più di me, io mi godo la sua luce negli occhi, imbastendo domande solo per gustarmi le sue risposte. Ad un certo punto chiede chi sia secondo me il più forte, pesco a caso nei miei ricordi: l'Uomo torcia. Ripete quel nome, quasi si stesse domandando il motivo della scelta, perché alla fine dice che secondo lui non lo è. Poi ci sembra che qualcosa abbia abboccato ma così non è, anche se effettivamente l'esca è sparita. Improvvisamente mi accorgo che il sole è calato, il buio in quella stagione arriva in fretta e c'è il bosco fitto da riattraversare. Improvvisamente la cosa mi pare preoccupante.

- Bisogna muoversi ora

- Ma se non abbiamo pescato niente!

- Sì, però è tardi – in tono piccato che non gli sfugge - dobbiamo rientrare.

Improvvisamente mi sembra di non essermi comportato in modo responsabile: essere ancora lì con lui a quell'ora, il rientro mi pare una difficoltà quasi insormontabile. L'ansia rende lo scorrere del sangue un ronzio nella mia testa, sto per lasciarmi prendere dal panico davanti a mio figlio, il panico lo conosco, anche se non lo frequento da un po'. Frugo nella tasca per cercare il cellulare che avevo spento quando eravamo arrivati al lago, sapendo che spesso qui non prende.

Mio figlio continua con i suoi racconti e pur non ascoltandolo, provo a buttare lì una battuta, per non lasciargli capire che non ho più padronanza della situazione. Supplico tra me e me che ci sia campo, ma quella supplica deve essermi sfuggita con un tono preoccupante perché mio figlio smette di parlare e mi guarda sorpreso del fatto che non sia padrone della situazione.

A quel punto la paura ghermisce entrambi. Sullo schermo del cellulare illuminato le tacche vanno e vengono. Mio figlio mi osserva, cerca nel mio sguardo risposte che non sono in grado di dargli

- Chiamo casa un attimo – la mia fronte si è imperlata di sudore, lui regge la sua canna, io ho lasciato cadere la mia chissà dove.

Il telefono squilla a lungo senza risposta.

- Amore? - risposi da casa e da lì in poi successe ciò che ha fatto di me la donna che sono, quella che tra un paio di ore festeggerà i suoi cinquant'anni, in questo posto assurdo, venti anni dopo quella telefonata, quel lago, quella notte.

- Dove siete? - mi sento dire.

Poi un tonfo, forse, mio figlio che grida. Calore poi gelo, panico: un lusso che non posso permettermi.

Urlo il nome di mio figlio, mentre prego un dio, con cui non scambio confidenze da anni, che la comunicazione non cada, che mi stia sentendo, che suo padre me lo riporti subito, che la porta si apra, che tutto sia un incubo, che ci sia una spiegazione banale. Piange, è vivo. Per quanto finga una calma che non mi appartiene, non riesco a fargli dire nulla che mi illumini.

- Mamma vieni! - ripete solo, come un mantra.

Gli chiedo di suo padre; lui trema, lo sento, io tremo.

Non posso chiudere la comunicazione e lasciarlo solo, ma devo chiedere aiuto, esco sul pianerottolo, sempre parlandogli con tono calmo; il cuore fuori sincrono col ritmo della voce, busso alla vicina, le scrivo su un pezzo di carta cosa sta succedendo

- Amore, ti passo Elena. Mi preparo, vengo a prenderti.

Lei mi indica il telefono di casa e intrattiene mio figlio mentre io chiamo il 118, spiego del lago, del tonfo. Dopo un'ora il filo si spezza: è terminata la sua batteria, quella che alimenta la mia angoscia invece è carica.

Lo troviamo intirizzito e muto che è mattina, di suo padre nessuna traccia. Ha i pugni chiusi, è rannicchiato, mi appare così sconosciuto eppure profondamente mio come nella prima ecografia. Il suo sguardo è una condanna: lo abbiamo abbandonato entrambi.

Per giorni scandagliano il lago. La nostra vita si trasforma in tragedia da talkshow del pomeriggio, gli amici a fare da scudo tra noi e la morbosità del mondo. Eppure il lago non restituisce nulla e non è grande.

Occuparmi di mio figlio dà un ordine alle mie angosce, anche il dolore ha delle priorità: non posso lasciare che ciò che ha vissuto quella notte lo mandi in frantumi. Quando la sera inizio ad attraversare il campo minato dei perché, non vinco mai la partita, comunque abbia perso mio marito, sono persa. Dopo qualche mese mentre ci prepariamo per la notte, mio figlio mi dice:

- Torna?

Ci guardiamo, uno sguardo che ci strappa una confessione: entrambi non ci crediamo più. L'abbraccio e le lacrime comuni di quella notte, che suggellano la certezza della perdita, sono la svolta. Da allora ci siamo dati forme e tempo per una nuova vita. Il bambino è un uomo, il buco nel suo passato divide le nostre vite in un prima e un dopo. Mi ha regalato il viaggio per il compleanno, l'ho raggiunto. È l'Uomo torcia in un parco tematico in Texas. Talora anche qui, ma solo quando le notti si abbracciano.

Boule de neige

Mentre pedalava spedita presso le mura della città di L., la piccola Signora O., dalle cui labbra sgorgava una melodia e dal cui cuore sgorgava un sorriso, venne travolta da una folata di vento gelido. Dopo il tunnel per neutrini pigri, pareva che qualcuno dei nostri illuminati politici avesse fatto scavare nottetempo una galleria del vento, a esse italica, dalla città di T. alla città di L. per bora transfuga, la peggiore degli ultimi duecentotredici anni, secondo i dati meteorologici. I corti capelli della piccola Signora O. si drizzarono, gli occhiali sembrarono un tutt'uno con i bulbi oculari, donandole un aspetto intermedio tra la nipote di Einstein ed un riccio allarmato. Pur con le mani saldamente ancorate al manubrio e i piedi fermamente puntellati ai pedali, la donna faticava a mantenere la rotta e l'equilibrio.

Fu proprio il sopravvento dell'ennesima folata di quella specie di tornado a trascinarla via. L'ultima cosa di cui ebbe coscienza, un attimo prima di battere violentemente il capo, fu quella che la terrorizzò più di tutte: fuori dal tunnel in cui pareva essere caduta, tutto era assolutamente immoto, persino le foglie ormai ingiallite dall'autunno non parevano minimamente scomporsi.

Dopo il buio dell'incoscienza si ritrovò improvvisamente in un'enorme palla di vetro. Semi accecata da una luce intensa sentì un grugnito ripetuto, poi percepì alcune parole che le parvero in russo, sette o otto parole in latino, tre in greco, una decina in inglese e finalmente una frase in un idioma parente lontano dell'italiano scaturì da una voce artificiale e monocorde

- Buono giorno tu stare ospitata in nostro pianeta, noi fare male no te, tu tranquillizzata. Alla poveretta prese un coccolone: chi le stava giocando uno scherzo di così cattivo gusto? Dove si trovava? Quanto tempo era rimasta priva di coscienza? I suoi cari erano preoccupati per la sua assenza? Aggrovigliata com'era nei suoi ansiogeni pensieri e dentro quella bolla, realizzò lo sballottamento che la fece scivolare lungo la parete liscia, ammaccandosi ancora un poco. In preda al panico più totale si trovò a osservare l'enorme occhio giallo di un essere a metà tra un tirannosauro, un blob informe e una zucchina enorme da cui spuntavano arti oblunghi e pelosi che terminavano però con due pinze metalliche.

Il suo cuore perse qualche colpo, poi ne ritrovò anche troppi e dopo aver cacciato un urlo, la sventurata perse nuovamente i sensi per qualche secondo. Si svegliò che stava rimbalzando su e giù per la bolla scossa da "Occhiogiallo", che tuttavia la osservava preoccupato più che in modo famelico o cattivo.

La piccola Signora O., che non mancava certo di coraggio, viste le molte prove cui la vita l'aveva sottoposta fino a quel momento, sostenne lo sguardo e ebbe la certezza che, l'esserone era innocuo. Almeno in quel frangente... Tentò dunque una sorta di approccio stile Totò e Peppino a Milano

- Io, io - balbettò nuovamente indicando se stessa - terrestre, donna, Italia, dove essere io?

Lo zucchinone peloso dall'occhio giallo sbatté due o tre volte una sottospecie di palpebra con fare perplesso e infine emise una serie di grugniti, al termine di ognuno dei quali nell'aria si diffondeva nuovamente la voce monocorde.

- Io conosco che tu donna, Italia, terra, se tu non parleresti invece italiano bene, mio traduttore simultaneo non traducesse per me buono.

- Da che pulpito! - pensò sospirando la piccola Signora O., mentre guardava fisso nell'occhio giallo dello zucchinone.

Occhiogiallo la informò sugli studi che stavano facendo nel suo pianeta riguardo le tendenze autodistruttive degli esseri terrestri, ecco perché prelevavano a caso un abitante della Terra, lo studiavano per qualche tempo e poi lo rilasciavano; questa volta era toccato a lei, non le sarebbe stato fatto alcun male. La piccola Signora O. fece presente la sua preoccupazione principale per i suoi familiari, che sarebbero impazziti all'idea di essersela persa nello spazio siderale, ma lo zucchinone la tranquillizzò: lo scorrere del tempo aveva andamenti completamente diversi nei due pianeti così nessuno si sarebbe accorto della sua assenza.

- Noi inoltre cosa recapitando te per assassinare meteo durante tinello?

Alla piccola Signora O. ci volle un po' per comprendere che le veniva chiesto se volesse qualcosa per ingannare l'attesa durante il soggiorno forzato, poi chiese di poter visitare il pianeta facendo due passi, ma Occhiogiallo rispose con aria affranta

- Nostra aria cattiva a te, fuori bolla, ma noi doni recanti in bolla.

Allora ripiegò su un paio di occhiali da lettura, della tela aida, cotone e un ago da ricamo. Ora non ci è dato di sapere se la parte relativa all'hobbistica fosse ancora carente nel traduttore simultaneo italiano-zucchinonese, tuttavia dopo un po' di tempo si materializzò Occhiogiallo con dei colori, un paio di sci con annessi scarponi, un seghetto, del compensato e della carta bianca. La piccola Signora O. guardò i doni perplessa e subito lo zucchinone fece uno sguardo mortificato.

Ciononostante, non avendo mai criticato un solo regalo nella sua intera esistenza, si dimostrò entusiasta: si trattava proprio di ciò che aveva sempre desiderato.

Mentre si faceva calare i doni nella bolla ragionò che in quale modo avrebbe ben potuto servirsene.

Era lì che pensava e ripensava quando si illuminò di gioia e si mise a lavorare di gran lena. Disegnò sul compensato i contorni degli edifici della piazza a lei più cara e li dipinse magnificamente, (dipingere era stato per anni il suo mestiere), poi li tagliò col seghetto e ricostruì quello splendido anfiteatro dentro la bolla. Quindi si dedicò alla carta, intagliò meravigliosi fiocchi di neve in miniatura con le forbicine per le unghie che aveva nella borsa al momento del sequestro spazio temporale. Infine indossò sci e scarponi che aveva bloccato sotto la pavimentazione della finta piazza, coprì la piazza coi fiocchi di neve e ci si nascose sotto. Dopo un tempo non umanamente quantificabile, Occhiogiallo tornò dalla sua ospite e non trovandola emise un gemito straziante che strinse il cuore alla piccola Signora O..

Mentre lei stava resistendo alla tentazione di riapparire per consolare lo zucchinone, lui rovesciò sottosopra la bolla, creando un involontario effetto palla di neve e ...tatan! la piccola Signora O. spuntò sorridente al centro della piazza, mentre Occhiogiallo fece quello che lei stabilì trattarsi di un sorriso, rapito da quell'azione che ripeteva più e più volte in un crescendo di sonori grugniti entusiasti. In tale frangente e per la sua incolumità, fu fondamentale lo strategico blocco di sci e scarponi sotto il piano della finta piazza.

La boule de neige improvvisata fu portata in trionfale tournée per tutto il pianeta e agitata milioni di volte.

A parte un po' di nausea nelle serate che prevedevano

più spettacoli, la piccola Signora O. non ebbe mai a soffrirne e godette di una inaspettata notorietà in quel lontano pianeta. In seguito, riportata a casa e non sapendo come spiegare al marito ed ai figlioli la sua straordinaria avventura, affermò semplicemente di aver un nuovo lavoro che la entusiasmava almeno tanto quanto dipingere presepi: era stata infatti contattata da una ditta che produceva bolle di neve su suo stesso disegno.

Mai se ne videro di più belle per tutto il sistema solare e oltre. Solo i familiari non sapevano spiegarsi come mai, ogni volta che venivano a prelevarle   nel piccolo laboratorio artigianale, soffiasse un vento gelido, assolutamente gelido. Perfino in piena estate.

Dieci

C'era qualcosa, qualcosa nel modo di sorridere fino nel profondo degli occhi, di sedere in mezzo agli altri con naturalezza, in profonda empatia con l'ambiente circostante, con le persone, qualcosa perfino nel movimento dei polsi sottili. Tutto quel qualcosa lasciava intendere che la donna avesse l'assoluta inconsapevolezza del suo fascino. Un genere di fascino che non accende al primo sguardo e neppure al decimo, ma che inevitabilmente cattura; cattura per la costanza della concretezza. C'era qualcosa, qualcosa nel modo di richiudere un sorriso appena accennato, qualcosa di inquieto, qualcosa nel porgere frasi assolutamente non banali ma ben ponderate, che lasciava intendere profondità silenziose seppure ricche nel cuore di quell'uomo.

Lui, che a un primo approccio poteva apparire chiuso, distante, assente, ma il cui comportamento era in realtà dettato dal non aver ricevuto in dono dalla sua sgangherata famiglia gli strumenti per sentirsi a proprio agio nel mondo. La donna entrò cantando nella pizzeria da asporto. L'uomo sedeva al bancone e mangiava il suo trancio di pizza.

Al primo sguardo lui notò che le cantavano gli occhi. Sorrise.

Al primo sguardo lei notò due occhi verdi, color sottobosco, un po' tristi pur nel sorriso cortese.

Al secondo lui notò lo scambio dei saluti cordiali: lei e il pizzaiolo si conoscevano.

Al secondo lei notò il libro che stava leggendo.

Al terzo lui notò il suo corpo minuto, come di bambina, ma proporzionato.

Al terzo lei notò che si mangiava le unghie.

Al quarto lui notò come le si erano accese le gote.

Al quarto lei notò la bella linea della sua bocca.

Al quinto lui notò un'irregolarità del sorriso che lo rendeva particolare.

Al quinto lei notò che non portava la fede, anche se, certo, non voleva dire nulla.

Al sesto lui notò le sue lievi efelidi sul naso.

Al sesto lei notò che aveva distolto lo sguardo, quando aveva agganciato per un istante quello di lui.

Al settimo lui notò un ricciolo ribelle che scendeva

dalla coda che le raccoglieva i capelli.

Al settimo lei notò che aveva poggiato il gomito nel pomodoro della pizza, nel voltare rapidamente pagina per non guardarla: si intenerì oltremisura per quella goffaggine, indecisa se avvisarlo.

All'ottavo lui vide il pizzaiolo estrarre dal forno la pizza, disporla nel cartone, prendere i soldi che lei gli porgeva.

- Alla prossima Silvia!

Non si arrivò a dieci sguardi.

Almeno non quella volta.

L'origine dell'esistenza

Esìstete era la dea dei cinque sensi, nulla era definito senza di lei, i cinque sensi lavoravano notte e giorno affinché lei potesse regnare. Olfatto raccoglieva aromi e profumi ovunque per intrecciarli ai capelli della dea e farne corona, ma quando quella gli metteva troppa fretta, lui per dispetto raccoglieva lezzi.

Tatto le cercava pelli sode e morbide da accarezzare e muscoli tesi per il suo diletto.

Udito le portava il canto delle sirene, il suono dolce della risacca per conciliare il suo sonno, la melodia del canto degli uccelli, la musica di ogni strumento musicale conosciuto sulla terra, a volte si divertiva a spaventarla con il rombo di un tuono.

Vista dipingeva albe e tramonti di arancio e rosso, li sfumava al viola, disegnava archi colorati nel cielo dopo la tempesta tra la luce del sole e la coltre nera delle nuvole, e di notte le accendeva le stelle, forniva livree ai manti degli animali e ogni sfumatura di verde ai boschi.

Gusto faceva ogni giorno la spesa al mercato scegliendo i frutti più succosi, le carni più tenere, la verdura più fresca, la inebriava di idromele.

Un giorno Esìstete andò da Zeus, suo padre, e disse: « Ma perché è mia sorella Afrodite la dea dell'amore? Come può l'amore nascere se io non creo gli amanti e se i sensi non operano per farli conoscere, che può mai fare lei di più? Certo può mandare Eros e fargli scoccare un dardo, ma se gli amanti sono ciechi, sordi, non odorano, non si gustano e non si toccano a che serve quel dardo? »

Zeus temette una nuova guerra tra le dee sue figlie, ché sull'Olimpo le azzuffatine erano all'ordine del giorno, con conseguenze a volte imbarazzanti a volte disastrose, bastava un nonnulla e, per calmare gli animi sull'Olimpo, era costretto a scatenare, sulla terra, terribili conflitti per distogliere l'attenzione delle figliole dal capriccio di turno. Non che a lui lo spettacolo di quegli omuncoli che si scannavano dispiacesse, specie nei pomeriggi delle domeniche d'inverno in cui tele Olimpo mandava l'ennesima replica di Medea in 118 puntate e prequel e sequel. Così Zeus disse che si sarebbe ritirato per deliberare in modo da prendere tempo e aggiunse di non tornare al suo cospetto prima di 365 albe e tramonti, sperando che di lì a un anno Esìstete si fosse dimenticata la sua richiesta. A tale proposito Zeus ordinò ai cinque sensi di lavorare incessantemente per soddisfare ogni minima esigenza della sua figliola perché al fine, sazia, lasciasse cadere le sue rivendicazioni. Allo scadere del tempo, Esìstete si presentò al cospetto del padre chiedendo di onorare con una sentenza l'impegno preso e quello pensò che se i cinque sensi, lavorando a tempo pieno, non erano riusciti a renderla appagata, nulla avrebbe potuto lui se non darle un minimo di soddisfazione, anche se la sentenza avrebbe inquietato non poco Afrodite, quindi sentenziò:

«D'ora innanzi prima verrà Esìstete lavorerà coi sensi così i due amanti in fieri si annuseranno, si vedranno, si parleranno (e forse si ascolteranno) e si assaggeranno, e solo in un secondo momento giungeranno Afrodite ed Eros e se amore dovrà essere, che amore sia».

Afrodite provò a ribattere che c'erano i matrimoni combinati, e come si doveva fare dunque per quelli, Zeus sostenne quindi che quelli erano contratti che nulla avevano a che fare con lei e che proprio lei, che andava a cercarsi sempre i più belli tra gli uomini per farne i suoi amanti, non poteva pensare che gli altri si dimenticassero di avere gli occhi per scegliersi un compagno; Esìstete d'altro canto buttò lì che lei e i sensi dovevano lavorare anche dopo il tiro a segno di Eros; Zeus allora controbatté che spesso erano impegni a breve termine e che quindi non c'era da adirarsi e da rivendicare. E' così che va il mondo da allora, per volere di Zeus, prendetevela con lui.

Respiro di poesia

L'uomo aveva gambe robuste e tornite, le mani erano un po' tozze e col tempo aveva perso qualche piuma, ma questo non lo rendeva meno affascinante.

Aveva spalle ampie tra le quali addormentarsi al ritmo del suo respiro che era quello di una poesia in cui ci si poteva smarrire. La donna era una vecchia bambina - badate non una bambina vecchia - una bambina vecchia non avrebbe saputo che farsene di un respiro dal ritmo poetico, mentre una vecchia bambina ci viaggiava sopra come su un tappeto magico. Un giorno la prese per mano e le disse: «Posso farti volare». Lei non aspettava altro e lo seguì. L'uomo prese della carta di riso e forgiò due ali, le allacciò con due fiocchi di organza ai polsi e alle caviglie della vecchia bambina, poi le legò all'alluce del piede destro una bava d'angelo e tenne l'altra estremità arrotolata in un rocchetto tra quelle mani un po' tozze ma non prive di grazia; la baciò, la abbracciò, poi le si mise alle spalle, e soffiò col respiro dal ritmo di una poesia e iniziò a farla librare in volo.

Da principio la donna si trovò a volare tra due rondini pazze che la salutarono festose, vide i colori della primavera e se ne inebriò, poi salì sospinta da una corrente ascensionale e vide dall'alto il mare e lo scintillio delle onde che si frangevano e si increspavano al vento, si imbarcò a bordo del sogno di un bambino e tutto le sembrò essere chiaro e semplice.

A volte sentiva tirare l'alluce del piede e guardava in giù: lontano lontano vedeva brillare al sole le poche piume dell'uomo dal respiro di poesia ed era certa di scorgerne l'accenno di un sorriso così volava sicura e felice, poiché saperlo lì sorridente del suo volo, all'altro capo della bava d'angelo, la faceva stare bene e le dava la forza di continuare le sue esplorazioni.

Quando si rese conto di non avvertire più da qualche tempo nessuna trazione all'alluce, si guardò il piede e si accorse che la bava era stata tagliata.

La vecchia bambina si spaventò e perse quota, scese in picchiata e quando ormai temeva di cadere fu salvata dalle fronde di un albero. Scese allora a terra e cominciò a cercare qualcuno che le sapesse dire dove si trovava e come tornare dall'uomo dal respiro di poesia.

Giunse finalmente al luogo da cui aveva preso il volo, ma di lui nessuna traccia. Un bel giorno le fu recapitata una lettera che diceva: "Ho visto che sapevi volare da sola, io mi ero stancato di reggere il filo".

Il pensiero che l'uomo non avesse compreso che solo saperlo lì sotto poteva farla volare leggera grazie al filo che li legava non le diede pace. Lasciò sempre un lume alla porta nella speranza di potersi addormentare ancora una volta al ritmo di un respiro di poesia e in esso tornare a smarrirsi.

Oltre il buio

Puoi essere definito un animale notturno a nove anni o puoi essere consapevole di esserlo. Una consapevolezza dalle radici profonde, almeno quanto la durata della tua giovane vita: perché tutti ti dicono che a nove mesi avevi invertito la notte con il giorno; perché il tuo primo ricordo sei tu, a circa tre anni, che guardi il volto stremato di tua madre che si è addormentata leggendoti una favola della buona notte, per la terza volta di seguito, che è così bello, finalmente disteso nel sonno, nonostante gli occhi cerchiati, che non ti stancheresti mai di guardarlo, ti succhi il pollice e te lo gusti, con gli occhi mai stanchi, nel silenzio della tua cameretta mentre la luce blu, vicino al comodino, proietta sul soffitto improbabili costellazioni; perché a cinque anni ti fingi addormentato e poi, quando i grandi dormono davvero, accendi sotto le lenzuola il gameboy e ci giochi, ci giochi fino a quando tuo padre si sveglia, se ne accorge, e ti minaccia di portartelo via; perché a sette ti infili con la pila sotto le coperte e leggi, leggi le storie che ti portano lontano, una pagina ancora e poi spengo, una pagina ancora e poi spengo. E' quella dimensione intima della luce artificiale, del chiaro di luna alla finestra, che ti ha stregato, quelle ombre che si muovono a volte sinistre e che ti raccontano di universi paralleli, di epoche lontane in cui giravano animali terrificanti, di mostri che sbavano sostanze appiccicose e tu resti lì e li crei perché ti distruggano e li distruggi per crearne ancora.

I rumori che venivano dalla camera dei tuoi, che avresti voluto sapere cosa significassero ma non hai mai osato alzarti per andare a decriptare quei respiri strani e quei gemiti, che poi ad un certo punto sono spariti e un po' alla volta sono stati sostituiti dal suono, quello sì noto e poi persino troppo familiare, delle loro litigate, le urla smorzate e gli "attento a come parli che ci sente". Poi le porte sbattute e quelle non aperte fino al mattino, tu con le orecchie tese ad ogni minimo rumore, sperando di sentirlo rientrare sperando di non sentire il pianto soffocato di tua madre.

Ed è così che tu, animale notturno, cresciuto troppo in fretta, questa notte hai deciso di vivertela fino in fondo e mentre litigavano sei sceso in silenzio, hai spento il tuo cellulare e hai iniziato a camminare, oltre il buio del dolore, lampione dopo lampione, una falce di luna in cielo finché i battiti troppo rapidi del tuo cuore non hanno preso il ritmo dei tuoi passi, lenti.

Già comprendi camminando che non è per te che potranno continuare in questo modo ed è un pensiero da animale adulto più che notturno, un furto d'infantile levità. Non fa paura il buio, non quanto la luce che illumina la zattera naufraga su cui ti spinge il fallimento del loro amore.

Ventoso

Per tutta la settimana era soffiato un vento da Nord così teso che le dame eleganti avevano spinto fuori dalle loro signorili dimore, non solo le cuoche e le servette (avvezze a gestire le incombenze necessarie all'amministrazione domestica con ogni temperatura e ogni condizione meteorologica) ma financo le loro dame di compagnia per recapitare messaggi ai maggiordomi dei loro amanti. Nel primo giorno di quella tormenta più di una di loro era stata soccorsa dopo una rovinosa caduta, per esser stata accecata dalle crinoline volanti e spostata dal vento impetuoso. Persino il soprabito più casto, la gonna e la sottogonna tendevano a librarsi verso l'alto, sottoposti a quel soffio inesorabile.

Non si rischiava di perder solo l'equilibrio, ma anche e soprattutto la dignità; così si persuasero fosse meno indecoroso il rischio che i loro più riposti segreti iniziassero a correre di bocca in bocca, piuttosto che esibire le loro nudità al pubblico sguardo. I bambini, chiusi in casa da giorni dalle madri che temevano di vederli decollare come aquiloni senza più la bava di filo a comandarli, osservavano con stupore il volo di tutti gli oggetti che non erano stati ancorati. Il primo giorno decretò la moria dei cappelli maschili: tube, bombette, baschi dei monelli; una lista infinita di dispersi; tanto che, nei giorni successivi, coloro che non potevano evitare di uscire li tenevano annodati con sciarpe e foulard sotto al mento. In città pareva che tutti sciaguratamente soffrissero di inspiegabili mal d'orecchi o di denti.

Abiti dimenticati inopinatamente stesi all'aria vagavano da giorni di ramo in ramo, di balcone in balcone, di filo del telegrafo in filo del telegrafo: sembrava che stormi di variopinti uccelli esotici avessero occupato i nidi e le postazioni di passeri, fringuelli, pettirossi i quali, saggiamente, avevano scelto dimore più sicure nelle quali rifugiarsi per attendere la fine della tormenta.

In quei giorni fu a tutti chiaro il concetto che il vento agita: perfino alcuni pii uomini in odor di santità, rischiarono di vedersi interdetto il futuro ingresso in paradiso e sentendosi scivolare tra le mani la santa virtù della pazienza si dedicarono a una specie di novena perpetua. I cani del villaggio ricordarono tutti contemporaneamente di essere parenti stretti dei lupi e in quelle notti l'aria si coprì di latrati e ululati che risvegliarono negli anziani il senso della caducità dell'esistenza e regalarono ai bambini, e alle anime sensibili, spaventosi incubi. Nei negozi finirono addirittura i fondi di magazzino: tutti facevano incetta di generi di prima necessità, quasi certi dell'imminente fine del mondo.

Al settimo giorno anche i più tenaci caddero stremati in un sonno profondo. Poi piombò un improvviso silenzio a risvegliare tutti: il vento era cessato, l'alba aveva dita di rosa.

Ringraziamenti

Voglio ringraziare Manuela Sangiorgi il cui lavoro di editing è ancora una volta stato preziosissimo. Alessandro Denci Niccolai che mi ha aiutata nuovamente per la grafica e che mi ha supportato, psicologicamente. Francesca Serafini che mi ha regalato la foto di copertina che ha ispirato il racconto "E Gigi volse lo sguardo" e quella che ha ispirato "Oltre il buio".

"Al lago" nasce dalla mia partecipazione ad un concorso per i venti anni di D de "La Repubblica", il concorso prevedeva di completare un racconto, la cui prima parte era stata scritta da Alessandro Baricco, naturalmente non vinsi, ma sono rimasta molto affezionata a quella mia "chiusa" così sulla trama tracciata da Baricco, ho riscritto interamente e indegnamente il racconto, per "Al lago" ringrazio anche Antonio Giardi, che allora mi aiutò a contenere la prima stesura nel numero di battute richiesto dal concorso senza tradire la mia idea iniziale. Teresa Brutcher mi ha ispirato con il suo dipinto ad olio "Liso y Solita" il racconto "Teresa e Ignazio", Moebius con Voyage d'Hermès "l'uomo che saltava sulle onde". Oriana Catoi che è la Signora O. di "Boule de neige". Guido Leva che ha giocato con me sul blog micacotiche.blogspot.com fornendo l'avvio di "Paura di volare". Il ¾ perché c'è sempre e anche per "Scatole cinesi". In Ginevra sono presenti "Passato, presente, futuro" di José Saramago tratta da "Le poesie". Einaudi 1981 e 1985. Traduzione Fernanda Toriello. "Solitudine" di Edmond Jabès da "Poesie di pioggia e di sole e altri scritti" a cura di Ciara Agostini. Manni Editore. Della versione che ho riportato di "I piaceri" di Bertold Brecht non conosco traduttore ed editore. Il mio ringraziamento più sentito è per chi, incredibilmente, mi legge.

L'Autrice

Padovana e pendolante. Sposata, adottata da un gatto. Medico, innamorata del suo lavoro, della parola, dell'ascolto, della lettura. Collabora con diversi illustratori per la creazione di racconti brevi. Da una di queste collaborazioni è nato "Prima di me il diluvio" per la rivista Illustrati di Logos Edizioni. Nel 2019 ha pubblicato la raccolta di racconti "Alieni allo specchio".

Indice

VOLGERE LO SGUARDO
© 2020 Amanda Bonaconsa

Printed in Great Britain
by Amazon